U0923215

高加索民间故事

郑振铎◎译

吉林出版集团股份有限公司

图书在版编目（CIP）数据

高加索民间故事 / 郑振铎译 . —长春：吉林出版集团股份有限公司，2017.11（2022.5 重印）

ISBN 978-7-5581-3149-3

Ⅰ . ①高… Ⅱ . ①郑… Ⅲ . ①民间故事—作品集—高加索 Ⅳ . ① I512.73

中国版本图书馆 CIP 数据核字（2017）第 262502 号

高加索民间故事

译　　者　郑振铎
策划编辑　孙婷婷
责任编辑　白聪响
封面设计　老　刀
开　　本　650mm × 960mm　1/16
字　　数　132 千
印　　张　11
版　　次　2018 年 4 月第 1 版
印　　次　2022 年 5 月第 2 次印刷

出版发行　吉林出版集团股份有限公司
电　　话　总编办：010-63109269
　　　　　发行部：010-63109269
印　　刷　三河市京兰印务有限公司

ISBN 978-7-5581-3149-3　　定价：38.00 元
版权所有　侵权必究

目　录

高加索民间故事

序

高加索介于欧、亚之间，人种非常的复杂，约有六十以上不同的民族，且在历史上也有极复杂的关系。巴比仑、亚述诸古国在它左近生了，又死了，还有蒙古人、土耳其人、罗马人以及斯拉夫人，相继驰逐于其间。所以高加索的民间故事内容极为繁歧，也极为丰富。

这书里译录了它的民间故事三十一则，都是由 Adolph Dirr 的《高加索民间故事》一书中译来的。Dirr 为德国有名的语言学家，他在高加索住了许多年，很辛勤的在当地人民的口中搜集了那么一本故事出来。

这三十余则的故事中，有许多是我们所很熟悉的，如《乐园的玫瑰花》《巴古齐汗》《美丽的海仑娜》之类，我们都可以找得出他们的来源。然故事的骨架虽同，却已加上了很丰厚的地方色彩了。

我译这部书，没有别的意思，不过欲介绍进一种儿童的读物而已。这里面的许多故事，我想我们的儿童们一定都是很高兴读的。至于研究民间故事的先生们，如欲取来参考，我想也不是完全没有益处的。

Dirr 写此书时，语气与词句都力求近于当时口述者的原本，我这个译本也力求合于 Dirr 的书。虽然经了这几重转述，原来的文句与语气，多少总走漏或变异了些，然仍觉得真朴有趣；虽然文字很简质，丝毫没有什么藻饰，然自有一种朴质的美。

译者　十四年十一月二十九日

渔夫的儿子

古时，有一个渔夫，生有一个儿子。有一天，他去打鱼，带了他的儿子同去。

他们到了一个大河边，渔夫把网放了下去。这一网得了满满的一网鱼，重得使他用了全身的力气，才能托起网来。在这许多鱼当中，他见到一条血红色的奇鱼。

他对他的儿子说道："我要回家带了车子来，你在这里看守着鱼，特别要注视那条红色鱼，不要让它一刻离开你的视线之外。"

父亲走后，儿子把红色鱼拿起细看，说道："杀了这样美丽的一条鱼不是罪过么？我还是放了它去吧！"

于是他便把这条鱼放回河里。这鱼游近岸旁，昂首谢他，并且从鳍中抽出一根骨来，送给这位好心的少年，说道："因为你好心地放了我，我给你这根骨。如果你以后有什么困难，请到这个河岸边来，把这骨取出，叫我名字，我便能立刻出来帮助你。"

少年取了骨，放在衣袋里。红色鱼一摆它的尾，沉到河水深处，不见了。一会儿父亲从家里来了，他晓得儿子把红色鱼放走了，觉得非常愤怒。

他推他的儿子离开他，说道："赶快走开吧。我这一生再也不愿意看见你了。"

于是这个渔夫的儿子只得走开了。他走了不远，看见一只鹿向他跑来。它跑得非常疲倦，而猎人与他们的猎狗已在后追来了。

少年的心里很替这鹿担忧，捉住鹿角，向猎人叫道："这是一只驯鹿，是我养畜的，不应该去猎它。"

猎人信了他的话，回身走开了。当猎人们走得远了，少年便放了鹿走去。但鹿拔了一根毛发，送给少年，说道："因为你好心地放了我，我给你这根毛发。如果你以后有什么困难，请把这根毛发从衣袋里取出，叫我的名字，我便会来帮助你。"

少年取了毛发，放在他的衣袋里，仍向前走去。

他走了好久以后，看见一只鹭鸶，飞得非常困倦，后面是一只鹰在追着，几乎要把它捉住了。少年心里很替鹭鸶担忧，他把他的手棒向鹰掷去。鹰怕了，飞了开去，鹭鸶才保住了性命。

它喘息定了，便拔了一根羽毛给少年，说道："因为你好心地救了我，我给你这根羽毛。如果你以后有什么困难，请到这个地方来，从衣袋里取出这根羽毛，叫我的名字，我便会来帮助你。"

少年取了羽毛，放在他的衣袋里，仍向前走去。

他在路上看见一群猎狗正在追逐一只狐，一步步的迫近，几乎要捉住了。少年心里很替这狐担忧，便藏它在大衣下边。当猎狗走远了时，他把狐放了去。它也拔下一根毛发给少年，说道："因为你好心地救了我，我给你这根毛发，如果你以后有什么困难，请把这根毛发取出，叫我的名字，我立刻可以来帮助你。"

少年把毛发放在衣袋里，仍向前走去。他究竟走了多少路，我们不能知道，但终于到了一座城堡。这座城堡里住有一位美丽的女郎。她曾答应过凡是谁能藏匿他自己而不被她寻出的，她便可嫁给他。渔夫的儿子想去娶她，便走进城堡，求见这位女郎。

她问他道："你为什么到这里来？"

少年答道："我要娶你。"

女郎道："好的，如果你藏匿在某个地方，我不能寻出，我便做你的妻子。但你如果失败了，你是必定要被杀的。"

少年答应了这个条件，但要求须藏匿四次。女郎也答应了他。

他走出城堡，到了河边，从衣袋里取出鱼骨，叫那红色鱼来。它立刻来了，问道："我的好友，你有什么困难要求我帮助？"

少年把这事告诉了它，——："我必须藏在一个地方，连魔鬼也寻不到的。”

鱼把少年放在背上，游到海底，把他放在一个洞里。自己在洞前游来游去，以遮蔽他。女郎在她的镜中寻看少年，看了许久，在各处寻都没有，最后才看见他在海底。

当她发见他在那里时，很觉得诧异，她自语道：“他必定是一个有魔法的人!”

第二天，少年很骄傲地来到城堡里。女郎道：“呵，你!完全没有用处！你坐在海底，红色鱼在你前边，想隐匿你的身体，我看得清清楚楚的。”

少年想道：“上帝助我，她必定是一个有魔法的人!”

他离了城堡，再去找一个躲藏的地方。他跑到草地上，取出鹿毛，叫那鹿来。

鹿立刻来了，问道：“亲爱的朋友，你有什么困难?”

少年告诉它这件事——“我一定要找一个连魔鬼都寻不到的地方躲藏起来。”

鹿把他放在背上，如风般地飞跑。它停在九山之后，把少年藏于一个洞中，它自己遮蔽在洞口。但女郎又在她的镜中寻看，寻了又寻。最后又寻到他在什么地方躲藏着了。

第二天，少年很骄傲的到她那里去，她说道：“呵，又是没有用处！我清清楚楚地看见你。你躲在九山之后的一个洞中，鹿立在你的前边。”

少年心里十分扰乱，开始有些焦急了。他又离了城堡，去第三个藏身的地方。当他到了一块空地上，把鹭鸶的羽毛取来，叫了一声。

鹭鸶立刻下来了，问道：“好朋友，有什么困难?”

少年告诉了它一切事，并说道：“我必须寻到一个连魔鬼都找不到的地方躲藏起来。”

鹭鸶把他放在背上，飞在天空中，飞得高高的，然后把他藏在一个地方，它自己在他下边飞翔着。

女郎取出她的镜来，在各方面找，都找不到。但当她向天空中看时，她看见了少年藏在那里。她心里也十分惊奇，说道：“他的魔术必定是十分的好！”

但当少年第二天到她那里来时，她说道：“呵，完全没有用！我清清楚楚地看见你。你躲在天空中，鹭鸶在你下面飞翔着。”

少年十分地惊奇，现在他心里觉得害怕了。

“唉，天呀！如果她第四次再寻到我，我便没有命了。”他离了城堡，去找最后一个躲藏之处。

他又到了一个空地上，取出狐毛，叫着狐名。它立刻跳跃而来，问道：“亲爱的朋友，有什么困难发生？”

少年告诉了它一切事——：“我必须躲藏在这个锐眼女郎所不见的一个地方，不然，我便要被杀了！”

狐道：“不要怕。到她那里去，告诉她延期两个星期。这时候我会带你找一个躲藏之处，她就是找到死也不会找到你。”

少年依照狐说的话做了。狐在女郎的城堡所建立的山上，掘了一个洞，掘成了一条地道，直达到女郎所坐的榻下。它在这个地方藏了少年。

女郎拿起镜去找。她找到东，她找到西，她找到南，她找到北，她在天上找，她向海底找，但都找不到。她在无论何处找都不见他。

她最后叫道：“你在什么地方，男巫，到这里来，我找不到你了！”

少年在她榻下答应一声，立刻跳了出来。于是他与女郎的打赌得胜了。他们在第二天结婚。婚礼极为盛大，甚至在筵席上，每个人都有鸟乳喝。

拨灰棒

古时，有一对少年夫妇，丈夫是一个很懒惰的人，他不做什么事，且不肯去做工。他终日地坐在火炉旁边，手里拿着一根小棒，在炉灰中拨来拨去，所以人家送上他一个绰号，叫作“拨灰棒”。

有一天，他的妻说道：“夫呀！起来走动走动吧！出去做些工作，带些东西回家来吧！如果你不这样，那么我将不能和你住在一起了。”

这些话也不能使他振作。他仍旧是坐在火炉旁边，不肯到屋外去作工。但在复活节时，他决心到礼拜堂去走一趟。当他回到家门口时，看见门已下了锁，他的妻不许他进来。于是他要求她给一袋的灰，一把锥子，一块新鲜牛乳饼。得了这些东西后，他懒懒地走开了。

我们不知道他到底走了多少路，但他现在走到了一个大河边了，他看见河的对岸坐着一个狄乎巨人，一大口，一大口地在喝河水。

拨灰棒觉得十分害怕，但他要怎么办呢？他只有两条路好走，不是回家去见他的妻，就是留在这里给狄乎当早餐吃。他心里想着，想着，在河边走来走去。这就是他最后想出来的方法。他把灰袋钻了一个洞，然后把袋飞快地环绕着他的头舞动着，起了一阵可怕的灰云。

狄乎奇怪起来，并且还有些害怕。他捡起一块石头，叫拨灰棒把这块石里的水榨出来。拨灰棒拿起他的新鲜牛乳饼，用手尽力地压榨，于是水由饼中流出了。

于是他隔河向狄乎叫道："听我的话！你到这里来，我趴在你肩上，把我驮过河去。我不愿意打湿我的足！"

狄乎服从他的命令，把他放在肩上，说道："呵，你怎么如此的轻！"

拨灰棒说道："那是因为我的一只手握在天上。如果我把手放了，你将不能驮得动我了。"

狄乎道："让我们看，把手放了！"

拨灰棒取了他的锥子，钻着狄乎的头。狄乎痛得咆吼起来，告诉他仍旧握了天，不要放手。当他们到了对岸时，狄乎道："下来吧，现在是吃饭的时候了！"

拨灰棒十分害怕，但他能做什么呢？他只得下来。当他看见狄乎的家时，他很高兴。在火炉上有一块极大的面包。狄乎说，他必须出去找东西下饭，叫拨灰棒看着面包，留心看着，不要叫它们烘焦了。当拨灰棒看见面包的一边已经成了棕黄色时，他想把它翻一个身。但是他不能够。他用力过大，竟跌倒在面包下面了。他用尽了力气，但那面包是太重了，重重的压住他，他不能从它下面把自己拔身出来。后来，别的狄乎们回家了。当他们看见他躺在面包下面，他们觉得很诧异，问他在那里做什么。

拨灰棒答道："我身体里面觉得很痛苦，所以我把热面包放在身上使他痛得差些。现在已经不大痛了，你们可以把面包拿开去!"

后来狄乎们要喝酒了。他们中的一个，拿了一个大酒瓶交给拨灰棒，说道："你帮助我们！在天井那里，有一个酒缸[注：高加索地方的大酒缸，比一个人的身体还高，平常是一半埋在地中]，你去取些酒来。"

拨灰棒看了大酒瓶，很害怕，但他把酒瓶拿了，走到外面去。狄乎们等了他许久，还不见他进来，他们便去看他在那里做什么。原来拨灰棒站在那里，拿着一把铲子，正要把酒缸从地中掘出。他们问道："你在掘地做什么?"

他答道："呵，把酒缸一起拿了出来还好些！为什么要我把小酒瓶拿在手里一次一次跑进跑出的取酒?"

现在狄乎们开始吃惊了。他们说道："我们九个人还移不动这个空酒缸，现在他一个人却要把盛满了酒的这个缸拿起来，这真有点稀奇了。"

于是他们自己把酒瓶取满了酒，坐下来喝。但当他们之中的一个人打喷嚏时，他的一个喷嚏竟把拨灰棒一直冲到天花板上去。他的手握住了屋梁，其余的狄乎都很诧异地看着他。

他们问道："你在上面做什么?"

他答道："你们怎么敢在我面前打喷嚏？我要把这根棒儿从屋顶上取出，打你们一顿做做惩戒！"

狄孚们益发觉得害怕起来。他们自己说道："我们九个人还不能拿得动一根梁，他却称它为一根'棒儿'！"

他们如此地害怕，竟离开了这屋，四面八方地逃开去了。拨灰棒便安安逸逸地住在他们所弃去的屋里。有一个狄孚在逃走的时候，遇到一只狐。狐问他道："你跑到什么地方去，狄孚？你碰到了什么事！"

狄孚道："什么！我跑到哪里去吗？一个人到了我们的屋里，他几乎要把我们全都吞下去了！"

但狐听完了狄孚告诉他一切事时，它不禁扑哧地笑了起来。

它道："什么，那是拨灰棒，一个穷人，一个饿肚子的坏蛋！他的妻因为他的懒惰，把他赶出家门外了。我知道他们很清楚。我吃过他们许多的鸡。你们竟会怕起这个可怜的东西来！"

狄孚道："我不相信你说的话！"

狐道："那么，一同来！我立刻可以指示给你看。这里，你用这根绳将我缚住了！"

于是狐把绳子的一端缚在它自己的颈上，其他一端缚在狄孚的身上。于是他们一同回到狄孚们所住而现在为拨灰棒所占据的家里。当拨灰棒看见他们回来，起初很害怕，但后来胆气又壮了，又开始说大话了。他向狐大怒地说道："哈，你这坏蛋！我叫你去捉十二个狄孚给我，你却只捉了一个来！等一等，我来……"

但狄孚吓得魂都散了，立刻把狐缚在他身上的绳子弄断了，尽力地逃走，一直逃过九个山以外，才敢立住足。拨灰棒把狄乎所有的东西都收拾起来，载在骆驼上，运回去使他的妻快活快活。她见了他带了许多东西来，果然很快活。自此以后，他们很幸福地一同过活着。

乞丐

古时，有一个又懒又笨的人。他没有一件东西可以说是自己的，他又不去做工，从这个人那里求得些面包，又从那个人那里求得些汤水，更从别的人那里求得其他的东西。

他这样一天一天地过去，不知道名誉，也不知道羞耻。他亏得有好心的邻居们帮助他，不过他的无餍之求却使他们讨厌。

无论什么时候，他一被人看见，他们便叫道："乞丐来了！他又要来向我们乞讨什么东西了。"

但他假装没有听见，还是前去乞求。到了后来，什么人都觉得讨厌他了，也没有一个人肯再帮助他了。这对于这个乞丐真是一个大打击。但是去工作么？不，他是不愿意工作的。

他怨抑地说道："人是没有用处的，他们竟不知可怜一个穷苦的人。我最好还是向上帝去请求，他是比他们更宽宏大量的！"

于是他藏身在某一个地方，举手向天，恳祷道："唉，上帝！你创造了我，还要给我这个可怜的人什么东西，使我能生活于世才好呵！"

但是上帝没有东西给他，他看了又看，找了又找，都没有。他祷求了第二次，第三次。

"哈，哈，哈！"他突然听见有人在近处大笑。

"只要把你的嘴大张着，便有东西落下给你吃了！"原来是邻居的小孩子们站在那里讥嘲他。

乞丐自觉羞耻，决心要爬上高山，在那里可以更近于上帝，且不会有人再讥笑他。在路上，他遇见一只狼。

"人，人，你到哪里去？"狼问道。

乞丐答道："到上帝那里去。"

狼道："如果你去，请代我问一件事——我已经吃过了各种生物的肉，但我的身体总不能肥胖起来。请你代问，我应该吃什么。我要在这里等待你回来。"

"很好！"乞丐说道，他仍旧向前走去。不久，他走到一株老橡树旁边。

橡树问道："人，你到哪里去？"

"到上帝那里去。"

"如果你去，请你代我问一件事，我的一边的枝叶，不知为什么枯干了。"

乞丐道："我很喜欢代你问。"他仍旧向前走去，到了一个河边。

“人，人，你到哪里去？”一条鱼从水中叫他道。

“到上帝那里去。”

“请你代我问问，我左眼为什么瞎了。”

“那很容易。”乞丐说道，仍旧走他的路。

当他走到山脊，他看见一只鹿，它问他到这里做什么事。

“我必须和上帝说话。这就是我走到这里的原因。”

鹿是一只慈心的动物，它对他说道：“你现在已在山顶了，但你如果愿意再爬高些，你可以用我的角为梯。”

乞丐立刻爬上鹿身，爬到鹿角上。

突然，他听见头上有一个声音：“凡人，你到哪里去？”

乞丐颤战地答道：“到你这里来，慈悲的上帝！”

“你要求我什么？”

“上帝，我没有东西吃，不能生活。请你可怜我。”

上帝答道：“回家去，你可以得到你所求的东西。”

于是乞丐把狼的，橡树的，鱼的话都问了，也都各得所要的答复。他谢了上帝，谢了鹿，回家去了。

他心里十分的快乐，几乎是跳舞着走路。不久，他又到了河边。

鱼问道：“你好呀！问了没有？”

乞丐答道：“你的左鳃里有一粒金刚石附着在那里，把它取去了你的左眼便可以再看见东西了。”

鱼求道：“你能十分仁爱的代我把金刚石取出么？”

乞丐代它把金刚石从鳃里取出，鱼的左眼便复明了。为要表示它的谢意，鱼把这粒金刚石送给了他，但乞丐把它抛在水中去了。

“我要这粒金刚石有什么用处。我到家时什么东西都可以得到了。”

他很骄傲的这样说，离开河边走了。

“他一定是一个笨人!”鱼这样的想着，很快乐地游开了。

乞丐不久又到了橡树旁边。

橡树问道：“你代我问过了么?”

“问过了。有一个大酒罐埋在你枝叶枯干的一边土里。把它取去了，你的枯枝便会再生绿叶了。”

橡树也求他的帮助。乞丐很高兴地把酒罐取出。罐里满装着金子与银子。橡树很感激他，便把这一罐金银全送给他了。

“我要这一罐金银有什么用处?我到家时什么东西都可以得到了。”

他说完，用足把罐跌翻了，所有金银都落入一个洞里去了。

“他一定是一个笨人!”橡树想道，“即使他自己不要，也可以把金银分散给别人呀!”

它摇摆着树枝，表示惊诧乞丐的行为。

不久，乞丐又遇到狼。狼问道：“你代我问过了么?”

“问过了，人肉可以使你肥胖。”

“哈哈!不错，不错!”狼说道，“你自己是个人!”于是他张开大嘴，把乞丐吞吃进去了。

第二天，牧童在山上寻到乞丐的破衣，把它带回村中，村里的人认识这衣是乞丐平常所穿的。虽然平常不喜欢他，这时也不禁为他悲伤。

但一个老人对一个孩子说道：“你看!在世界上是要工作的，懒惰的人是不能生存的。乞丐便是一个榜样!”

先生与他的学生

古时，有一个穷苦的农夫，他生了一个儿子。

有一天，他的妻对他说道："你必须使我们的孩子学些东西，不然，他便不会有成就的！如果他也和你一样的无知识，我们将怎么办呢?"

这使农人很不高兴，但他的妻吵闹不休。所以，有一天，他便带了他的儿子出去寻一位先生。

路上，他们俩都觉得口渴了，当他们见了一泓泉水，便蹲下去用手掌掬来喝，喝完了，站起来赞道："呵！这泉水真好!"

于是一个魔神突然的从泉水中走了出来，变成了一个人，对农人问道："什么事，人？你求什么？"

农人告诉它所求的东西。

魔神道："把你的儿子给我，叫他跟我一年。我要教导他。一年后，你再来；如果你还认识他，你可以把他带回去，但如果你不能认识，那么他便永远住在我这里。"

魔神那里还有许多别的孩子，都是它用这个方法得到的。在一年之后，他们竟变得如此厉害，他们的父母真的是不认识他们了。但农人却实在没有晓得这种事，所以他赞成魔神的主张，留下他的孩子，独自回家了。

一年过去，他来看他的孩子。魔神那时恰好不在家，天井坐着许多的孩子。农人对着他们看了又看，但他不能看见他的儿子。但那孩子是认识他父亲的，立刻跑到他身边。

他说道："我们的先生要回来了，他要把我们都变成了鸽子，叫我们飞起来。当我们飞出时，我将是第一只，当我们飞回来时，我将是末后一只。所以先生如果问你谁是你的孩子，你立刻可以指出给他看。"

农人真是快活，恨不得先生立刻就回来！不久，他回来了，把他的学生都叫在一起，把他们变做了鸽子，告诉他们飞开去。当他们飞回来时，农人的孩子真的是最末后的一只。

先生问道："现在，你说，哪一只鸽子是你的孩子？"

农人指着最末后的一只。魔神十分的生气：他立刻看出什么事要发生，但他能做什么呢？他只得把这孩子给还农人。于是父子二人走回家去了。

在路上，他们遇到了一群贵族在打猎。一只兔子在前面逃，一只猎狗在后面追，但它不能捉住那兔。

孩子对他父亲道："请钻进这个树丛中，逐出一只兔来。

我将变成了一只猎狗，当这些贵族面把兔捉住了。那么，他们必会向你商量买你的猎狗。你开头不答应，然后把我以大价钱卖给他们。以后，我自己会变回来，再追上你来的。”

他说了立刻实行。父亲到树丛中逐出一只兔来，儿子变了一个灰色猎狗，追逐在兔的后面，当着贵族们面把兔捉住杀死了。他们当然地想要这只狗。他们到农人那里，向他买这狗。他开头假装不卖，但当他们一次一次的加价时，他答应了，把钱放在衣袋里，把狗给了他们。

贵族们把这狗用皮带缚了，牵着去了。不久，他们又去逐出一只兔来，叫他去追这兔。这狗追在长耳兔之后，跑了一段路，到了贵族们看不见的地方，又变回了一个孩子，追上他父亲。但当他们走了一段路时，他们觉得钱还不够。

孩子向他父亲说道：“我们必须再得些钱。”

不久，他们又遇到第二队的贵族们在打雉鸡。他们放了鹰，但它却没有捉到一只雉鸡。孩子立刻变了一只鹰，在空中捉住一只雉鸡。贵族们看着很高兴，他们非常喜欢这鹰，开始向农人问这鹰的价钱。他卖得真不便宜！于是他又把钱放在袋里，走去了。

猎人们立刻要试这新鹰，所以他们第二次一见有雉鸡，便放了这鹰去捉。这鹰追了雉鸡许久，又变回了一个孩子，追上他父亲。现在他们有了好些钱了，但孩子还觉得太少，所以他又想了一个新的方法。

他向他父亲说道：“我将变成一匹马，你骑在我身上，到了镇上，把我卖了。但你不要忘了这事：你千万不要把我卖给一个眼睛熠闪的人，并且卖了时，立刻要把马鞍取了下来，不然，我便不能再复人身了。”

他说完了话，立刻变成了一匹壮美的马。他父亲跳在他身上，骑他到镇上去。有许多人要争买这匹马。但最热心要买他的是一个眼睛熠闪的人。旁人加了一个卢布，他立刻又加了几十个卢布。

最后，这个富翁制服了农人，把马买去了。他也买去了那副马鞍，骑上马走了。他真快活呀，现在他的学生又落在他手中了！他骑回家，把这学生锁闭在一个暗室里。这学生忧郁难过，常常设法欲逃，但没有路可逃。于是时间迅速地过去。

有一天，他注意到有一线太阳光透进他的房里。他考察这线光明从何而来，他看见门上有一个裂洞。

他立刻变了一只老鼠由洞中爬出去了。当他的先生见了他时，他也立刻变了一只猫，去追这只鼠。鼠逃着，猫追着！猫正张大了嘴要追他的捕捉物时，这鼠却变了一尾鱼，钻进水里去了。不到一秒钟，先生拿了一张网，去追捉这尾鱼。正要把鱼捉住时，他又变成了一只雉鸡飞上天去。先生立刻又变了一只鹰去追他。雉鸡正要被捉在老鹰爪下时，忽又变成了一颗双颊红润的苹果，跌落在一个国王的膝上。立刻，先生又变成了国王手里的一把刀。他正要把苹果切成两半……突然间苹果不见了，仅有一堆谷在地上，一个母鸡带了几个小鸡在啄谷吃，那鸡就是先生。他们啄着，啄着，最后只剩下一粒谷。这粒谷又变成了一根针，母鸡与小鸡却变成了穿在针眼里的一条线。于是针变成了红热……而线烧起来了。针便变回了一个孩子，他走回家去，回到他父亲母亲那里，以后生活得很快活。

做梦的人

古时，有一个童子，他的母亲已经死了，和他在一起的是一个继母。有一天，她把一堆谷粒散在打谷场上给太阳晒，告诉她儿子好好地看守着。他睡着了，当他睡时，母鸡们跑来把谷一粒一粒地啄进去。继母见了，十分地生气，狠狠地打了这可怜的童子一顿。

他叫道："母亲！母亲！听我说，我要告诉你一件事。"

继母道："唔，什么事？"

童子道："听我说，我做了一个梦！我一只足站在巴加达的城中，一只足站在本地的郊外；太阳从左足升起，月亮从右足升起，我双手都是星，脸上也是星。"

继母很喜欢这个梦，她说道："立刻把你的梦给我！"

童子问道："但这不过是一个梦，我怎么能给你呢？"

继母又气起来，狠狠地打他，并且把他赶出屋外。这个童子走开了，后来他走到了一个国王住的城堡那里。

国王问道："到哪里去？你求什么？"

童子道："我的事情是如此：我的继母因为我不能将我的梦给她，所以打我，把我逐出门外。"

国于要这童子说出他的梦。童子说了出来后，国王也想得到这个梦。童子道："但是我不能够，这不过是一个梦！它来了，又走去了……"

但是国王把这童子抛入一个深洞中。这个国王有一个美丽的女儿。她很可怜这个童子，她私下里把粮食带给他放进洞里去。这个国王是主宰西方的王。有一个东方的王，早已向他求他的美丽的公主为妻了，但他不肯。

现在，有一天，东方的王送了西方的王四匹马，使者传命道："请猜哪一匹是母马，哪一匹是最少的马，哪一匹是第二生的马，哪一匹是最大的马。如果你猜得对，那么没有话可说；如果你猜得不对，那么你的女儿是我的了。"

这事使得国王与他的公主都很难过，因为他们不知道哪一匹马是最少的，哪一匹马是最老的。当公主有一天带饭给少年吃时，她对他说道："可怜的做梦人呀！你现在怎么样了？如果我到了东方的王那里去，那么，你便要饿死了。"

他问她什么缘故要去。她便把要猜四匹马的长幼的事告诉他。少年道："不要发愁，我可以帮助你。你们给马一顿好东西吃，里面放了好些盐，然后把他们关闭在马房里。到了第二天再放他们出来。当你们把马房的门开了时，你们自然会知道哪匹马是长，哪匹马是幼。母马一定要第一个出来喝水，然后是最幼的少马，然后是第二匹，然后是最大的马。”

公主把少年所说的话都告诉了父亲，一切事都如他所说的。东方的王见此计不成，又使了第二个计策，把一根绝大的箭射到西方的王城堡之前，插在地上，没有人能拔得出来。

公主又去问做梦的人，问他有什么方法可以拔出这箭。

他答道：“不要怕，我今天晚上要跳出此洞，把这箭拔出来。”

到了晚上，他果然这样做，他把箭拔了出来，放在地上，然后再回到他的洞。当国王第二天早晨看见箭已被拔出来时，他叫道：“谁把这箭拔出来了？我要把公主嫁给他。”

每个听见他的话的人，都要说这箭是他拔出来的。但国王又说道：“谁把这箭拔出来的，还须在现在把这箭带走！”

但没有一个人能够把这箭移动一步。

公主道：“父亲，也许这是做梦的人做的事。”

国王叫维齐去带了做梦的人来。他来了，拿起那支箭，又把它射回东方的王城堡里了。西方的王异常地快活，便把公主嫁给他了。两个星期，三个星期过去了，这一对新婚的人，只同聚了这几个礼拜，三个星期之后，做梦的人便被国王差出去和东方的王打仗了。当他走了一段路，他看见一个人在耘土，他一边耕耘，一边却把他耘起的土放在嘴里吞进去。

他向这人说道：“你在那里吞泥土，这不是一件难事吗？”

这人答道：“不，不，那个做梦的人娶了公主，现在又去打仗，才是难呢！”

他道：“我就是做梦的人！同我一起来，我们做同伴去打仗。”

他们一同走着，走了一段路，又看见一个人坐在海边，贪婪地喝着海水。

做梦的人道：“那真是一件难事，喝下那许多海水，不是吗?”

那人答道：“真不算难！那做梦的人娶了公主，现在又去打仗，才是难呢!”

他道：“我就是做梦的人！同我一起去，我们做同伴去打仗。”

于是他也加入了，三个人一同走着。不久，他们看见一个人把磨石锁在足上在追一只兔。他们都觉得诧异，和他打招呼，说他做这事真不容易。

那人说道：“什么，难吗? 那做梦的人娶了公主，现在又去打仗，才是难呢!”

他道：“我就是做梦的人！和我一同走吧。”

现在他们是四个人了。走了不远，他们又看见一个人把耳朵贴伏在地上，好像在听什么，并且时时在说话。

他们问他道：“你在做什么?”

他道：“蚂蚁们在地下打仗，我正在帮助他们，给他们以计策呢。”

于是做梦的人说这真是一件难事，他所给的回答也和前几个人一样。这个人也加入他们的队中，现在他们是五个人了。

他们走了不远，又遇见一个人，站在那里仰首看天，手里执着一张弓，他们问道：“你在那里看什么?”

那人答道：“三天之前，我射出一支箭，我看见他到现在才回来!”

做梦的人赞道：“呵！你做的事真不容易。”

但那人的答语也和前几个人一样。现在他们是六个人了。他们走着，走着，又遇见一个人玩着一群的鸽子，他移换他们的翅膀，而他们不觉得。

做梦的人道："呵，呵，那真是难!"

那人的答语也和前几个人一样。现在他们是七个人了。不久，又遇到了一个人，那人是一个牧师，他把他的礼拜堂放在肩上带去，当他觉得要做祈祷时，他便把礼拜堂放下而走进去做祈祷。

做梦的人叫道："牧师，牧师！你做的事真不容易!"

但牧师说那做梦的人做的事才是难呢。于是他们现在是八个人了。这八个人到了东方的王那里要他把他的女儿给他们。但他是不肯好好地给的。

他说道："我必须先知道你们是谁，然后我们才能谈到我的女儿。我要叫我的面包匠做三天的面包，如果你们能在一天把他们吃掉，你们就可以拥有我的女儿，不然，你们的头都要砍下。"

他们答道："好的!"

于是这几个人对吃泥土的人道："你能够吃泥土，想来吃面包更不是难事了。"

他道："把这事留给我办吧，我将把面包吃得一点细屑也不剩。"

他们拿了几大堆的面包来，但是吃泥土的人把它们全都吃光，一点细屑也不剩。

国王道："好的！现在你们必须喝酒了。如果你们能够把我的酒缸喝干，只要喝一口，要注意！那么，你们可以拥有我的女儿，不然拿你们的头来。"

他们说道："好的！现在是你的事了，喝海水的。你能够喝咸的海水，当然更能喝酒了。"

喝海水的人道："这事交给我办吧！"

当他看见了酒缸，他笑起来道："呵，那不过一口，立刻可以喝完！"——果然把全个酒缸立刻喝干了。

国王道："很好！现在我们要去汲一桶水，离这里有三天的路程。你差你们中的一个人，我也差我的一个人去。如果我的人先回来，那么你们不能得到我的女儿，还要失去你们的头；但如果你们的人先回来，便可以拥有我的女儿。"

现在是足上锁着磨石去追兔的那人的事了。他道："这事交给我办。"

于是他和国王的人一同出发了。当他们走了一天的路，国王的人已经远落在后了，追兔的人却还敏捷地走着。突然的，国王的人想了一个方法去捉弄做梦的人的那个朋友。

他说道："我告诉你，我们可以走得慢些。为什么我们要这样竭力奔波呢？让我们息一息再走吧。"

追兔的人相信他的话，他们一同坐下吃喝些东西。但国王的人把催眠药放在追兔的人的酒中。他睡着了，但国王的人却立刻站起来向前奔去。

他走了两天，已经到了水边，汲了一桶地水，走回家了，已经在回家的路上走了一天了，追兔的人还在那里熟睡。但是做梦的人对那弓箭手道："看呀！你看看！我好像觉得国王的人已经在走回来了，但是我们的人在哪里？"

弓箭手向远处看着说道："不好了！我们的人在半路上熟睡了。国王的人却已汲满了一桶水走回家了。"

七个人全都急得叫起来道："不得了！不得了！"

弓箭手拿起他的弓，射了一支箭，正射中追兔的人足上所缚的磨石上。他立刻惊醒了，如风一样快地跑到水旁，汲满了一桶水，很容易地超过国王的人。

国王对做梦的人道："很好，现在我们要举行婚礼了。"

公主来了，她和做梦的人结婚了。宴席是极丰盛的，但国王命令他的人民把毒药放在这八个客人的食物里，因此，可以把他们全都毒死。但是这个秘密的谈话被八个人中之一个，即那个听地下蚂蚁打仗的人，听到了。他告诉了那个掉换鸽翼的人，这人把食盆掉换了，国王的仆人丝毫没有注意到，于是吃到那毒食的人都立刻死在座位上了。现在没有什么事可做了。但国王还要再试一次。

他道："很好！但现在须找一个人出来把嫁妆全都带去！"

这时是把礼拜堂放在肩上的牧师来解决这个难关了。他说道："这事留给我办。我不仅能把嫁妆全带去，你们还能坐在它们上面。"于是他们把公主的嫁妆一件一件都放在他肩上。

牧师还在叫道："把它都放到这里来，把它都放到这里来！"似乎他还不够拿。然后他们走了，每个人都回自己的家去了。

说来容易，现在已是五六年过去了。做梦的人的第一妻生的孩子已经是一个很大的孩子了。现在，当做梦的人回来时，他把一个妻坐在他一边，一个妻坐在那一边。他的小孩子执着一个金盆进来，把盆放在他父亲面前，洗涤他的手和足。

做梦的人指着他的两个妻，对他岳父说道："看，那是太阳，那是月亮。他洗我的手足的是一粒熠熠的星。谁把这些给你的？"于是国王把他的王位以及所有他的国土都给了做梦的人，他还亲手把皇冠戴在做梦的人的头上。

求不死国的人

古时，有一个寡妇，她有一个儿子。这个孩子大起来了，看见除他之外，每个人都有一个父亲。

他有一天问他母亲道：“母亲，为什么别的孩子都有一个父亲而我没有?”

他母亲答道：“因为你的父亲已经死了。”

孩子道：“他难道永不回家吗?”

母亲道：“不，我的孩子，你的父亲是永不回来了，但是我们都将到他那里去。没有人能够逃去死，我们都是要死去，被埋在土中的。”

孩子道：“我没有要求上帝给我以生命，如果他已经给了我，为什么他又要取回去呢？我将出去寻找一个没有死的地方。”

他母亲尽力地劝他，百般地譬喻，说世界上实在没有这样的一个不死国，不要出去寻找，但他不肯听。他出去漫游天下了。

他游遍全天下，每到了一处他总要问人道：“这里有没有死？”

他们总是同样的答道：“是的，有的！”

不知不觉地他已经到了二十几了，不死国还是没有找到。有一天，他走过一片荒野，突然看见一只鹿站在他前面，这鹿的巨大歧出的角，上穿到云中，看不见尖顶。少年觉得这鹿的大角实在有趣。

他走近这鹿，说道：“我请你告诉我，世界上有一个没有死的地方吗？”

鹿答道：“我是上帝的使者，要执行他的意志的。我永生在世上，一直等到我的角长到了天上，那时我便死了。如果你高兴，可以和我住一起，直到我死时，你要什么可以有什么。”

少年道：“不，我要永久生存，不然便不要。如果听你的话，我倒不如住在家里不出来旅行了。”

他说了这话，便别了这鹿，向前走他的路。经过许多的沙漠，经过许多的草原，经过许多的平地，还经过许多的森林，他最后到了一个深渊之旁。这深渊在他看来简直是一个地狱，是无底的深。环绕于这深渊的四周是绝高的削壁，似要上耸至天，在一个峰顶上，有一只乌鸦坐在那里不动。

少年向它招呼道：“乌鸦君，你知道有一个不死国在哪里吗？”

乌鸦答道："我是上帝的一个使者，直到我把这个深渊填平了，我才死去。……如果你高兴，你可以和我住在一起，什么东西都不缺乏。"

但是少年不愿意，他仍向前走去。他走到无涯的海边，没有遇到一个人。但他看见远远的地方，有光在熠闪地照耀着。当他走近了时，他看见这是一所用玻璃造成的屋。它没有门，但再仔细地考察了一下，他见玻璃上有一线的缝，他用手压上去，这屋在他面前开了。

在这屋内住着一个女郎，她是那样美丽，连太阳见了她也要起了妒心，少年也为她的美貌吸引住了。他走近了她，问她和问鹿与乌鸦同样的问题。

她答道："这个不死国实在是没有的，但你为什么要找它？和我一同住在这里！"

少年答道："我离开了家，并不是去找你，是去找不死之国。"

她道："你的找求是无用的，地球也有尽时，你是不能找到不死国的。如果你能够，你可告诉我，我有多少岁了？"

少年凝视着她，她的处女的身材，红润的双颊，把他迷惑住了，他简直忘了生与死。

他说道："你不能比十五岁更大。"

她答道："你错了。上帝造物的第一天，我就被造了，今日的我还是同那一日一样。我就是名为'美'的，我将永远的如现在一样。你可以长久地和我在一处，但你不配不朽，永久的生命你将不习惯。"

但少年立誓永不违背她的意志，并将长久地和她在一处。年代如鸟似的飞过去了，一代接着一代，一年跟着一年。他们是这样快地过去，直似几秒钟一样。世界已变了好几次，但少年丝毫不知这些变迁的事，女郎仍和初见时一样的美好。一个时代这样的过去了。后来，少年忽然想起他的家来。他想回去看看他的母亲，他的朋友和他的乡人。

他对女郎说道：“我必须回家去看看我的母亲和我的朋友们。”

她答道：“你现在回去，连他们的骨头也找不到了，所以回去有什么意思？”

他连忙插说道：“你的话真是无意识！我到你这里来不过几时工夫，为什么他们会已经死了？”

女郎道：“我起初已经告诉过你了，你是不配长生的。但是随你的意做去吧。把这三个苹果带了走，当你回家时吃了他们。”

少年于是与她离别了，向回家的路走着。他经过来时的认识的地方。乌鸦仍然坐在岩峰上，但它已经死了，深渊已经填平了。

少年看见了这事，他的心沉重了，他想再回到女郎那里，但有些什么东西总拉他向前走去。过山，过森林，过平地，他又到那大角的鹿站的地方了，它仍然站在那里，但它已经死了，它的角已经接触到天上了。

现在，少年才第一次相信，他当初走这条路时离现在已有许多年了。但他仍然走回家。他到了自己的乡村里，但碰不到一个熟人。

他向人探问他的母亲，没有一个人知道她的事，只有一对老夫妇说，据一个古代的传说，有一个妇人是和他母亲同名，但这已是一千年以前的事了，她的求不死国去的儿子现在大约也已不活在世上了。没有一个人相信他就是那个妇人的儿子，他们都以为他是上帝的一个使者。所以他们都围绕着他，和他一同走。

最后，他到了他自己的家门口了，家宅的遗迹有些可见，破倒的墙上生满了绿苔和荆棘。现在，过去的事一切都重复经过他的面前了，他想他母亲和他少年时代。他心里很苦闷，于是他想到那三个苹果了，他吃了第一个，突然的一根白须从他脸颊上落下来了。

他吃了第二个，他的双膝战栗起来，浑身一点力气都没有了，他已变得衰老了。他自己觉得可羞。他问一个在他身边的童子，肯不肯把他衣袋里的第三个苹果取出给他吃。

当他吃了这只苹果，他长眠在地上了。村中的人们把他尸体移开了，把他埋葬了。

乐园的玫瑰花

古时，有一个农夫，生了三个女儿。有一天，他载了稻草到城里去卖，他问三个女儿她们要不要什么东西。

大女儿要一件衣服，这衣服没有一个人会和她一样；二女儿要一面镜子，在这镜中，全个世界都可见到。三女儿要的是一朵乐园的玫瑰花。

农夫把车赶到城里，卖了他的稻草，买了衣服给他大女儿，买了镜子给他二女儿，但他在全个城中却得不到那一朵乐园的玫瑰花。

三女儿生气了，益发要她父亲把这玫瑰花买给她。他怎么办呢？他只得又回到城里，一路上碰到人便问什么地方可得这样一朵玫瑰花。最后，有一个人告诉他说，这株玫瑰花是生在一个巨人的花园里，但要进他的花园却是极不容易的，谁一进去，便不能再出来，便要给巨人们捉住当点心吃。

他的旅途远呢近呢？……谁知道？但他终于到了巨人的花园里了。他看见一个巨人睡在玫瑰树下，那朵乐园的玫瑰花正在那株树上。他偷偷地蹑足走近树旁，撷下那朵玫瑰花，尽力地飞跑回家。但同时，看守的巨人醒了，他见那朵玫瑰花不见了，便追在农夫的后面。他追了他许多路，差不多要追上了，这时农夫却恰恰到了家，他把家门锁了，躲在里面。

巨人站在他门前，高声地叫着，震得树上的每片叶都颤战了，他叫道："还给我的乐园的玫瑰花，不然便给我你的三女儿，如果两件事都不肯，那么，我将毁坏了你的房屋，把你和你全家都杀死！"

农夫听了他的话，心里恐怖极了，简直不知怎么办好。

但他的三女儿道："不答应他是没用的，我愿和巨人同去。但你须保守着这朵乐园的玫瑰花。"

她说了，便开了门出去。巨人带了她到他的城堡中去。巨人有一个妹妹也住在那里，她的名字是"狭胸"。

有一天早晨，巨人对他妹妹说道："小妹妹，今天有几个客人要到这里来。杀了乐园的玫瑰花（他是用这个名字称呼农夫的三女儿的）把她预备做午饭吃。"

他妹妹答应了，巨人便自去请客。不料乐园的玫瑰花已经偷听到他们的话了，她决心要用凶残的手段来报仇。她拿了一把剃头刀，当狭胸行所无事地走近她时，她冲上前把狭胸打倒，把她的喉管割断。她把狭胸切了一块块的，放在锅里烧，把她的胸部放在上面。

于是她取了一面魔镜，一把梳，一把剪刀，带在身边，便逃走了。当巨人带了他的客人到家时，却不见他的妹妹出来迎接，他以为她在忙着做午饭，便到厨房里去看她了。但他一看见锅，便看出是他妹妹放在那里，他很恐怖，立刻猜出是乐园的玫瑰花做的事，便不管他的客人，狂怒地奔去追乐园的玫瑰花。

他快要追上她了，她却把镜抛到后面，立刻有一座巨大的玻璃林生了出来。但这不能阻止巨人不追，他诚然被玻璃割得很厉害，但他终于走过这座森林，急急地追去。乐园的玫瑰花看他又在追，便又把梳抛在后面，一座木梳的大林在地上长出。但巨人仍然不怕，虽然他又受伤，却还是追着。

于是她再把剪刀也抛了去，立刻一座剪刀林生出来。巨人走过这座剪刀林，受了一身的重伤，流了许多的血，身体已经软弱了，但他还不肯不追。乐园的玫瑰花想，现在她的结局是到了，她四面看望，想找一个地方躲避一下。

她看见一所小屋，门窗都闭得紧紧的。她跪下去恳切地祷求上帝开了这屋的门。立刻小屋的门开了。乐园的玫瑰花一跑进去，这门便自己关闭上了。

这时巨人刚好赶到屋外，但他虽然想了种种方法，却都不能使他进屋。最后，他只好放下追捉她的事，回转他的城堡。

但乐园的玫瑰花考察她的避难所，看见屋隅有一个棺木停放着，棺中躺着一个美貌少年的尸体，这少年就是那一国国王的儿子。他有一天对太阳射了一箭，从那时起，他一到日间便死去，夜里却又活过来了。他的父亲特地为他建造了这所小屋，停放着一个棺木，装着他这半死半活的儿子。

每天晚上，太子活过来了，他便离开了他的棺木，吃着为他预备好而带来的食物，到了早晨，他又躺在棺中了。每天早晨，乐园的玫瑰花吃着他昨夜吃剩下的东西，但她始终不使太子知道有她在那屋里。

他见小屋收拾得那样干净，觉得很奇怪。有一夜，他执了一支烛，察看全屋，她便被他发见了。他问她是谁，为何到这里来，她告诉所有她的历史。太子对她发生了爱情，他们便如夫妻似的住着。

如此的，一天一天，一月一月过去，后来，乐园的玫瑰花快要生小孩子了。于是太子给她一个戒指，说道："把这戒指带到我父亲的宫里。宫门外有恶狗会吠起来咬你，你把戒指给它们看，它们便会缩尾而退。然后你求在宫中过夜，你的孩子生出来，我那时将来看你。"

乐园的玫瑰花向太子说了声再会，便出去到国王宫里去了。她到了王宫，几只狗很凶恶地冲来吠叫着，她给它们戒指看，立刻便没有声响了。

国王见了这事，觉得诧异，便问他的侍臣这妇人是谁。但没有人知道她，他们只知道她是求过夜的。国王命令说，她可以得一间卧房。在这一夜，她的孩子生出来了。

第二天早晨，国王知道了这事，便同王后一起去看婴孩。他们见了他很喜欢，因为他是一个美丽的婴孩，但他们很觉得奇怪，不知道这婴孩为什么那样地像他们的儿子。

王后触动了自己的心事，竟哭了起来。国王叫一个女仆来侍候这母亲，然后他和王后回到自己屋里去。同时，太子活过来了。他一直走到乐园的玫瑰花住的房间外面。

他在窗口叫道："乐园的玫瑰花！"

她立刻认出是他的语声，便答道："什么事，至爱的？"

他问道："上帝给我们什么？男的还是女的？"

她道："男的。"

他又问道："你睡在什么上？"

她道："一领破污的席上。"

"你身上盖的什么？"

"一床旧被。"

"你头上枕的什么？"

"一块冰冷的石头。"

"我们孩子躺在什么地方？"

"在一个旧摇床上。"

太子道："唉，我的母亲！我的父亲！但我的老乳母更不好！"

他说完了话，便重新回到他的小屋。看护妇听见了这一切的话，第二天她便去告诉国王。他以为她是骗他，于是把她打发走了。他叫他的首相去看守那母亲卧的房间，看有什么事发生。

这一夜，一切事都和上一夜一样，首相把这些事都告诉了国王，并说看护妇说得实在是真话。现在国王命令说，那母亲在第三夜换睡在丝的床上，孩子放在金的摇床上。

但他对那母亲道："我和几个侍臣将躲在隔壁房里。如果太子来了，你对他说，他的孩子病了，要他进屋来看。那时我们将捉住他，把他的恶咒破了。"

当天黑时，太子来了。他叫道："乐园的玫瑰花！"

她答道："什么事，至爱的？"

他问道："你睡在什么地方？"

"在一领新的丝褥上！"

“你身上盖的什么?”

“一床新的丝被!”

“你头下枕的什么?”

“一个新的丝做的枕头!”

“我们的小孩子躺在什么上?”

“躺在一个金摇床上!”

太子道：“呵，我母亲真好！我父亲真好！但我老乳母更好!”

她道：“是的，一切事都很好，但孩子病了，你要进来看看他么?”

太子道：“这屋里都睡了么？他们都没有醒么?”

她道：“不要怕，进来。什么人都睡着。”

太子进来了，但立刻便被捉住了。国王和王后看见活的太子在他们面前，真是快乐极了！但天色一亮，他又死了。跟他死去的是王宫中的快乐。大家又觉得悲苦起来。没有医生，没有教士，没有聪明人能够救活他。什么人都不能叫这死太子醒来。但王后想起她的姊姊是嫁给太阳的，她决心要即刻去找她，求她设法。

她上路走了。半路上经过一国，国王优礼接待她，但告诉她说，王后正在难产，国王听她说要到太阳国去，便求她向太阳问他妻的这病有何法可救。她在路上又见了一人站在炽热的火炉中。这人也求她向太阳问解救的方法。她又前去，见一只鹿，他的角挂住在天上，不能脱开。

当鹿听见她要到太阳国去，它说道：“唉，有力的后，我受这样的苦有一年半了！请你可怜我。告诉太阳以我的不幸，问他我怎样能脱此苦。当你回来时，告诉我他的答语。我将也为你做一事报答你。如果你要一张梯到天上去，我的角可以做你用。”

王后很快活地受了他的贡献。她爬上鹿角，不久便到了太阳的宫里了。他那时不在家，因为他出去打猎了。王后与她姊姊相见，她们十分快活。

后来，太阳的妻道：“你的运气好，来时我的丈夫恰好不在家，不然，他便立刻把你吃进去的。但你还没有脱险。如果他回家时见了你，仍然是要吃你的。所以我必须把你躲藏起来。”

于是她便让她妹妹躲在一个房里，外面加了九把锁。

不久，太阳打猎回来了。他一到了房门口便叫道：“我闻到一股生人气！他在什么地方?”

他的妻道：“这里怎么会有生人气？大约是因你刚才从下界打猎回来之故吧。”

他道：“不，不！我闻出来，我觉得有一个生人在我屋里。不要说谎，快说实话。”

于是她说道：“是的，是有一个生人在家里，但她是我的妹妹。如果你允许我不害她，我将叫她和你相见。”

太阳答应了，于是他的妻把她妹妹带进来，她告诉太阳她儿子的病状，求他想法。她也没有忘记了那受苦的王后，火炉旁的人及那鹿。

太阳道：“不要焦急，我的姨。我要帮助你及你所代他们求的人，你现在做我的客人。”

第二天早晨，太阳在水中沐浴，当他浴完时，他把这水给些王后，说道：“把你的儿子放在这水里沐浴一下，他立刻就全好了。难产的王后，须睡平常的草荐上，她的孩子便会生出来了。在火炉中的人，他走出了炉，便立刻没有什么苦了。至于鹿，只要把它的头略略向下低一低，它的角便不会挂住在天上了。”

于是王后回家去医治她的儿子了。一路上，她把太阳的话告诉了难产的王后，鹿及站在火炉中的人，所有这三个都医好了他们的疾苦。她的儿子也医好了，自从他在那太阳沐浴过的水中浴过后，他不再死去了。不久，他和乐园的玫瑰花结婚，承继了他父亲的王位。他们全家自此都很快活地过着日子。

雌雄夜莺

古时，有一个国王，他生了三个儿子，当他年纪已经老了时，他把这三个儿子都叫了来，因为他想知道他的王位应该给谁承继。

他向大儿子问道："我儿，你能够为我建筑一所礼拜堂，没有一个人能够找出它的一点坏处来的么?"

大儿子想了一会，说道："不，父亲，我不能办。"

于是国王又去问二儿子以同样的问题，他的答语也和大儿子一样。

他们都出去了，于是国王又叫三儿子来问道："我儿，你能够为我建筑一所礼拜堂，世界上没有一个人能够找出它的缺点出来的么？”

小儿子想了一会，答道：“是的，父亲，我能够办。”

于是他召集了国内所有最好的建筑师，开始建筑这所礼拜堂。当国王见礼拜堂已经完工时，他便召集他的百姓、他的军队都到这礼拜堂里，仔细考察它，如果发现有什么缺点，可以告诉他。但没有一个人能找到什么缺点。

国王正打算自己走近礼拜堂，向上帝祈祷时，忽有一个老人走过，看着礼拜堂，说道：“呵，你建筑的这所礼拜堂真是宏丽呀，可惜地基弯曲了一点。”

国王听见他的话，把他叫住了，命他把他的话再说一遍。

老人道：“我没有说别的话，仅说，礼拜堂是宏丽的，不过地基弯曲了一点。”

三太子听见了这话，立刻叫泥水匠们来，把这礼拜堂拆毁了。然后他再开始建筑一所更好看的，到完工时，又请他父亲来看。国王便和他的百姓及军队同来考察这所礼拜堂。仍旧是没有一个人能够找出什么缺点。

国王正打算自己走进去时，忽然又有一个老人走过，说道：“礼拜堂是宏丽的，可惜钟楼歪了些！”

国王听见了，叫住了这个年老人，要他重说一遍，老人便再说一遍他刚才说的话，走开去了。太子再召集他的工匠，又去建筑一所新的更宏丽的礼拜堂。当这礼拜堂完工时，国王召集了他的百姓和军队，叫他们来仔细考察这礼拜堂。仍旧是没有一个人能够找出什么缺点。

国王正打算自己走进去，忽然以前的那个老人又走过这里，说道：“礼拜堂是美丽的，可惜缺了一对雌雄夜莺。”

国王听见了他的话，叫住了他，问道：“老人家，你说的什么？再说一遍。”

老人便再告诉国王一遍，走开去了。于是国王转身回宫，不进这礼拜堂了。于是三太子觉得十分忧苦，决定出国游历。他父亲给他一匹三只足的马让他走了。

太子穿上了盔甲，骑上了马，出发旅行了。但他走得很慢很慢，那马一拐一瘸的走着，因为它只有三只足呀。太子急得哭起来，但后来他到了一片草地那里，有一个很老很老的人在汲水灌印度稻，但他用双倍的力气总是不中用。他一点水也没有汲到。

这老人看见骑在马上的太子哭着，便问道：“你为什么哭，我的孩子？”

太子告诉他一切从前的事，并问他将怎么做。

老人道：“你不要这样焦愁，你也不要以为你的三只足的马是完全无用的。你只要告诉它说，你现在非常需用它，它便知道怎么办了。它将把你从这里带到海的那一边。它将把你带到一个有一对雌雄夜莺的女郎那里。如果你不把女郎也带了走，你将不能带走这一对夜莺。把一切事都交给马去办。你须自己留心，不要被女郎看见了，她如见了你，会把你变成了尘与风的。但当她躺下去睡时，她的头发松散开了，这发一直从天空挂到地上。然后你走了进去，把她的头发绞绕在你的臂上，无论她如何高声地叫‘我痛死了’你都不要放手，还要更握捉得紧些。她将以千万种的东西立誓，天呀，地呀，全个世界呀，你都不要相信她。只有当她指着那一对夜莺立誓，并答应跟做你的妻时，你才可以放了她。但你必须十分注意，有一个秃头的弹琴者，已经坐在云端看守她四年了，他想把她带走了，但还不能做到。所以当她指着那一对夜莺立誓时，你必须立刻把她抱着。”

太子向老人告别了，对马低语道：“我是非常地需用你!”这马立刻如风似的飞跑着，跑过了海，登上了岸。

太子不久便到了金发女郎的邻近了。他躲在那里等待着她。当她松开了头发时，太子便偷偷地进去，把她的头发绞绕在手臂上。

她叫道：“我痛死了!”但他不放手，还更握捉得紧些。

她问他道：“你要我做什么事?”

太子道：“我要你嫁给我。”

女郎道：“很好，我愿意。”

太子道：“不，这还不够。你必须立一个誓。”

她立了一个誓。他又说道：“不，你必须指着那雌雄夜莺立誓。”

但她不答应。他把她的头发绞绕到他的手臂，更紧更紧的。

女郎又叫道：“我痛极了!”

他更握捉得紧些。她指着全世界，指着天，指着地立誓，答应为他的妻，但他并不听她，只把她的头发绞绕得更紧。后来，她指着雌雄夜莺立誓了。于是他才放松了她的头发，把她抱着。

女郎说道：“我已立誓嫁给你，但我必须先完成一件事才能这样办。我有一匹三足马，我要将它和你的马放在一处。如要它们打架起来，我便不做你的妻。如果这两匹马和和平平地在一处，那么，我就是你的了。”

太子答应了这两个条件，那两匹马立刻放在一处了，他们走近着、站在一起，以颈互相摩擦。因为他们原是母子，既是母子，自然不会打架了。于是太子与女郎动身走了。他们把雌雄夜莺带在身边。但当他们在路上走着时，秃头的弹琴者看见了他们，追了来，捉住了女郎，和她一同投入土中不见了，然后又由土中再飞到天上。太子非常的悲苦。

他对他的仆人们道："去拿一条长的绳子来。"

绳子拿来了，太子把自己缚起来，叫他们把他放在女郎失去的地方，他们遵命办了。他自己把绳解了，走去，走去，一直走到一片草场。三匹三足马在这草场上吃草，一匹是黑色的，一匹是红色的，一匹是白色的。他们吃了一会草，以后互相游戏。但这些马并不是凡间的马，什么人骑上了黑色马，它便要骑者在岩石碰死，因为这黑色马是死的使者；什么人骑上了红色马，他将被带到地下；什么人骑上了白色马，他将被带到天上，因为白色马是光明的使者。

太子想去捉黑色马，但它逃走了，去捉白色马，它也逃走了。但后来他终于捉到了红色马；他骑上了马，开始向下跑，跑，跑。他走了好一会，后来到了一个国家。他经过这国，到了一个城。他在路上觉得口渴，一到了城，便向一个老妇人问她要一口水喝。

老妇人道："少年，我很愿意给你水，但我们实在没有。一条龙蟠在井边，他每天要吃一个女郎，他只肯把水一滴一滴的给我们。今天是国王的女儿去给他吃的当儿了。"

太子道："母亲，给我一个水桶。我将把水汲来给你。"

老妇人道："不，好少年，不，龙要把你吞进去的！"

但少年不注意她的话，他从泥土中拔起一个水瓶，向井走去了。当他走在路上时，他遇见一个女郎，她站在那里，全身穿着衣裙，她的手双叉在胸前，很悲痛地哭着。

太子道："姊姊，不要哭，你不会给龙吃去的。"

女郎求道："离开我，离开我，不然龙会来把我们俩都吞了进去。"

太子道："不，我不离开你。但我现在要睡一会儿，因为我倦了。如果那龙来了，请你惊醒我。"

他躺下，睡着了，立刻龙也飞来了。女郎惊怕起来，想把少年叫醒，但他睡得极熟，她不能把他叫醒。但她眼中滴下了三点泪，滴在他的颊上，它们立刻使太子惊醒了。他跳了起来，弯着弓，向龙射了一箭。龙暴怒地向他飞来，然后他又拔出刀来，把这龙屠死了。龙的尸身庞大如山，他的血如瀑布似的喷流出来。这个新闻立刻传遍了城中："龙死了！龙死了！"人和动物都拥挤到水边来。快要渴死的百姓们把水喝得太多了，有的死在井边，有的死在归途的半道上，有的死在他们家里。公主这时已回家了。她父亲真是快乐极了！后来他要知道救他女儿的是谁，她在人群中找她的恩人，但找了又找，一点痕迹都不见。

她道："父亲，他不在这里。"

于是国王叫使者到各处去找，最后他们找到他，把他带来了。但在半路上，这少年捉住了一只兔，放在他的胸袋里。当到了宫中时，公主要过去坐在他身旁，但他从衣袋中把兔的双耳露出给她看。她害怕起来。

她父亲问道："你是否还没有找到你的恩人？"

她说："已找到了，但他胸前的袋里有一个东西使我害怕。"

国王道："不要紧，你闭了双眼坐在他身边好了。"

她便如言闭了眼坐在少年旁边。国王接待他异常地崇敬亲切。但这少年却并没有娶了公主。于是国王问他到底要的是什么。

他答道："没有别的，只要回家，请你设法把我送回家!"

国王道："我没有方法，但我可以尽力帮助你。我知道有一个地方，一个苍鹰在那里做窝。但鸷鹰常去扰吵它：它吞吃它所生的小鹰。"

太子便取了他的弓和箭到那苍鹰的窝里，忽然鸷鹰飞了下来，想要吞吃小鹰，但太子射了一箭，把它射死了。小鹰们把他迎入窝中，欢迎他，他睡在它们当中了。

当母鹰回家时，看见一个人躺在它窝里，它张开了嘴要杀死他，因为它以为太子就是那常常伤害它孩子们的人。但小鹰告诉了它一切事，于是它翱翔在熟睡的少年的上面，一会儿以左翼遮蔽他，一会儿以右翼遮蔽他。当太子醒来时，它问他要什么东西来报答他的救子之恩。

太子道："把我带回家去。我不要别的东西了。"

母鹰道："好的！杀了国王的四只水牛，放在我背上，你也骑上去，我便将带你回家。"

太子照它的话去做，杀了四只牛，切成碎片，放在鹰背，他自己也爬上去，母鹰便飞去了。鹰一回头，太子便给它一块牛肉吃。但到了后来，鹰最后回过头来时，牛肉已没有一块了，母鹰见无物可吃，便似乎他们又要落在地上。太子从他自己身体上割下一块肉给鹰吃。当他们飞到了地上时，太子觉得很衰弱。

母鹰问道："你最后一次给我吃的是什么肉?"

太子道："是我自己身上的一块肉。看我的肉就是从这个地方割下的。"

母鹰拔下了一根羽毛，在伤处摩擦，伤痕便平复如初。于是太子又开始去找女郎及雌雄夜莺的下落。我们不知道他究竟找了多久，但他终于到了秃头的弹琴者把女郎抢去同住的地方了。

他问女郎道："秃头的人到哪里去了？"

她哭着答道："他已经睡了三年了。当他把我从你那里抢来后，他便熟睡了。他还要睡三天。"

太子问道："我怎么能杀死他呢？"

她答道："在九重锁着的门内，放有一个笼，笼内有三只鸟，这三只鸟就是他的灵魂，他的精神和他的力量。谁要杀死他，必须杀死这三只鸟。"

太子把这九重锁开了，进了放鸟的地方，他把三只鸟的头斩下，把它们都抛去了。同时那秃头的弹琴者便死了。

于是太子带了女郎及雌雄夜莺回到他父亲那里了。他父亲十二分的快活，祝贺他的儿子，把王冠戴在他头上，把那女郎给他为妻，还举行了一次大宴会。每个人都快活，而我们也跟着他们快活。

那边是忧愁，这边是快活。

那边是糟糠，这边是鱼肉。

金头发的孩子们

古时，有一个人，生了三个女儿。她们的母亲不幸早死了，而现在，她们有了一个凶狠的后母。这三个女儿是后母的眼中钉。

有一天她十分的生气，对她丈夫说道："如果你把你的三个女儿赶走了，我便和你住在一处；如果你不赶走她们，那么我便要去死了。"

她丈夫非常忧愁：他怎么能忍心的把他的孩子们赶走了呢？他想了又想，后来他想出了一个方法。

他说道："孩子们，我知道有一个地方生着一株苹果树，我们到那里去，把这树摇撼着，你们去拾起苹果。"

他们到了那个地方，还带了一个布包袱。现在，这株苹果树下有一个很深的大洞，父亲用布包袱把这洞盖住了，还撒些树叶在上面。

他自己爬上树，对他的三个女儿道：“我要摇这株树了，你们预备拾苹果吧。”

女儿们听从了她们父亲的话，但当她们的足一踩上布包袱时，她们真如苹果一样，一个接着一个跌落在深洞中了。她们开始哭了起来，但她们的父亲已把她们弃在那洞中，独自走回家了。

当她们住在洞中，肚里觉得十分的饥饿时，大的女儿道：“来，妹妹们，吃了我吧！”

第二个女儿道：“不，吃了我吧！”

但第三个女儿却向上帝祈祷，求上帝把她的一只手变成一把凿子，还有一只手变成一把铲子。上帝听见了她的祷告，立刻她的两只手变成了一把凿，一把铲。

她开始去掘去铲，不久便掘出了一条路到洞外了。于是她向前走着，走着，一直走到一个国家，她躲藏在王宫的马厩里。在这马厩里的马匹都是用杏子及葡萄来给它吃的。所以当马粮送了来时，她便走了出来，取了些马粮来，自己吃了些，其余的给了两个姊姊。但马匹却渐渐地瘦了，因为它们得不到粮食吃。

国王知道了这事，便命马夫留心察看到底因为什么缘故。马夫藏在暗中，到那个女郎来了，偷取了一把的杏子和葡萄时，他冲了出来，捉住了她，叫她和他一同到国王那里去。

她说道：“我先要把东西给我姊姊们吃了，然后我们一同到国王那里去。”

马夫同意了，让她走去。不久，她和她的两个姊姊都来了，马夫领了她们三人到国王面前。

他先问最大的那个姊姊会做什么事，她答道："我能为你织一个地毡，使你们全个国家都可放得下，并且还有余呢。"

他又问第二个姊姊有什么本领。她答道："我能够为你在蛋壳里预备一顿饭，就是你们全国的人民都来吃也不能吃得完。"

于是国王向最少的妹妹问道："你呢？你会做什么？"

她答道："我会为你生一男一女的金头发的孩子。"

于是国王娶了她为妾，而将她的两个姊姊当宫中的贵妇。时候过去了，最少的妹妹果然生了一男一女的金头发的孩子。

她的两个姊姊很妒忌她，和看护妇共同想了一条毒计，用两只小狗把两个孩子掉换了。她们把这两个孩子抛在磨坊边的河中，然后告诉国王说，王后生产了两只小狗。

国王十分的生气，命令侍臣把王后锁在宫门外。凡经过的人都要唾她的脸，把煤灰抛在她身上。她如此的在那里受苦，但那两个孩子呢？磨坊主人没有儿子。他有一天听见磨坊里面有孩子的哭声，便走出去，找到那两个孩子，一男一女。

他说道："我要把他们带回家，当他们为儿女，把他们养大了。"

于是他把这两个孩子从水中救出。把他们带回家。但别的孩子们是一年一年的长大，而这两个孩子却是一天一天地长大。磨坊主人便为他们盖了一所小屋。

有一天，国王举行了一个大宴会，他叫国内所有男女都来赴宴，而磨坊主人的两个孩子也和大家一同来。别人经过王后锁着的地方都唾她辱她，这两个金发的孩子，却把玫瑰花献给她，扫除了她胸前的煤灰，还和她接吻。

后来，他们到了宫中，坐在席上，告诉大家说，锁在宫门外的妇人是他们的母亲，国王就是他们的父亲。但是国王绝对地不相信他们的话。现在席上有一只烤山鸡，还有一根葡萄藤。

孩子把这根葡萄藤拿在手里，便说道：“如果锁在门外的妇人是我们母亲，国王是我们的父亲，那么，这根葡萄藤便会生了根，长出枝叶，结出葡萄。”

然后他又拿起烤山鸡，说道：“如果那个妇人是我们的母亲，国王是我们的父亲，那么，这个山鸡便会变成活的，飞停在这葡萄藤上。”

事情是如此地实现了：葡萄藤变绿了，生了一串的葡萄，山鸡变活了，飞到葡萄藤上立着。于是国王拥抱着他的两个孩子，连连地吻他们，他们的母亲被释放了，她的脸洗干净，衣服也换了王后的服色，大众都向她致敬。

那两个坏姊姊呢，国王命令把她们挂在野马的尾巴上拖死。

猪的故事

古时，有一对穷苦的无子女的夫妻，他们只有一只猪。但这猪与别人的猪不同：它会张开了嘴，衔住了水瓶，到井边去汲水，汲满了，又带回家来。它还会扫地，洗碗碟，知道做一切的家事。

有一天，这猪去洗衣服了，它走进一座阴暗的森林。一个国王的儿子碰巧在这森林中打猎。他看见这猪怎样地走到水边，它的猪衣掉落下来，变成了一个如此美丽的女儿，她的美貌的光彩，直照耀千万山水之中。太子眼不停瞬地望着她，直直地望着她的可爱的双眼。但女郎只是在洗衣服，洗完了，又把猪皮披上，回家去了。太子跟在这猪的后面，直跟到它住的小屋里。

他问那男人道："可否在你们家里过一夜?"

那人道："我们的屋太龌龊，又太小了，不配你过夜。我们没有东西吃没有东西喝，也没有床给你睡。我们不过是可怜的农人。"

太子道："那都不要紧。你不要为我忙，我已吃饭了，睡够了。"

于是他在那里过了一夜。他希望再看见那猪，但这老人迫他去睡。

第二天早晨，太子拿出了十块金钱，要买他的猪，但农人不肯。

农人道："这猪是我们吃饭的根底，它会为我们寻饭吃；如果我把它卖了将怎么办呢?"

但太子放了二十块金钱在桌上，把猪放在背袋中，走回去了。当他到了王宫时，他告诉他父亲说，他要和这猪结婚。

他父亲非常地生气，说道："你到底什么意思？去娶一个猪为妻，为什么你定要把你的家族和你自己羞辱呢?"

太子道："父亲，我一生的幸福都在这上头！我将怎么办呢?"

国王不说一句话，但婚礼终于举行了。国王把一间破旧的房间给他们新夫妇住。

国王道："这间房子给这一对住已经够好了。"

太子把猪领进了房内，然后说道："现在，放下了你的猪皮!"

猪皮落下了，一个日见犹羞的美人站在那里。于是他们俩快活地互抱着。国王暗中叫了几个人来看这一对新夫妇所做的事，他们这时见了这事，立刻跑到国王那里去报告。于是太子携了他的妻到他父亲面前。他十分的快乐，为他们俩祝福，把金冠戴在他们头上。但国王的首相知道了这事，十分妒嫉太子的幸福。

他自己说道："他只带了一只小猪回家，这猪还是农人那里所仅有的一只，它尚且变了一个女郎，一个以前从未见过的那样美貌的女郎。我将到所有猪栏中选一只最大的猪，把它买来！"

他这样办了：他走遍所有的猪栏，买了一只最大的猪来。然后他把猪缚在马后。但这猪高声大叫，挣断了绳，逃回它的猪栏。首相费了许多的力气，把它追了回来，带到家中。然后他把这猪牵到礼拜堂，宣言他们俩将结婚。

这猪挣扎得很厉害，它把烛台冲翻了，在牧师，新郎及来宾的腿间冲来冲去。但它终于被捉住了，婚礼草草地举行过。

首相把他的新娘带进新房，吻着它的背，说道："请，请，现在变了一个女郎吧！你还等着什么呢？"

但新娘却益发愤怒，益发横冲起来。他又吻它的背，但这猪却一口咬住了他的喉头，把它咬断了。以后，这猪奔回它的猪栏，首相却被带到坟地上去了。首相与猪的结婚，就是如此地完结。

那边是忧愁，这边是欢乐，

那边是糟糠，这边是鱼肉。

秃头的看鹅人

古时，有一个农人，他已经衰老了，还没有一个孩子。他和他的妻常常叹息自己的无子，常常向上帝座前恳求，因为他们不觉得他们曾对神及人做过什么错事。

他们想到这里，心里便十分地忧苦不安。后来，他们决意要去找寻医治无子的方法。农人把他自己用铁包裹起来，戴上铁帽，穿上铁靴，还拿了一根铁棒。

他到一个男巫那里去，求他医治，但这男巫他自己不知道医治无子的方法，他告诉农人说，在九个山之后，住着一个黑的巨人，他也是一个有巫术者，他会告诉农人以治法的。于是农人向前走去了。谁也不知他到底走了多少路，但他终于爬过了那九个山，到了黑巨人住的地方了。

当黑巨人看见有一个人在他的境内出现，他以惊人的声音叫道："没有一只鸟敢在我境内飞过，没有一个蚂蚁敢在我的地上爬着，你是什么样的一个东西，你敢到这里来？"

他答道："我是一个穷的农人，并没有恶意。我不过来问你一件事。男巫某人叫我到你这里来，所以我便来了。"

巨人道："如果你的话是真的，那么你一定有一个信号，我见了这个信号，才知道你的话果真是真的。"

农人有一个信号，他拿出给巨人看了，这不过是一个戒指，男巫告诉过他，只要把这戒指给巨人秃头的看，他自然欢迎的。事情果真是如此，巨人立刻对他如朋友一样，给他饮食，但也告诉他说，他这里没有他所要的药，但在别的九个山之后，住着一个红巨人，他是知道怎样医治无子的病的。

他还说道："我将给你一个信号。"于是农人又出发了。他走了好久的路，爬过了九个山，到了红巨人住的地方了。

红巨人比黑巨人还要凶恶，他一见农人便大叫道："你是什么东西？没有鸟敢在我空中飞，没有蚂蚁敢在我地上爬！而你倒敢来这里！"

农人道："是黑巨人叫我来的。我没有恶意。我是一个穷的农人。我没有一个孩子，我带有黑巨人给我的信号，你可以知道我说的并不是假话。你要告诉我怎样我才能够得子。"

当红巨人见了黑巨人的信记时，他立刻看待农人如一个朋友，但他也不知农人所要的医治无子的方法，于是他又叫农人到白巨人那里去。白巨人住在再一层九个山之后。农人从红巨人那里得到了一个信号，又出发了。他第三次爬过九个山，到了白巨人住的地方。他比黑巨人和红巨人还要凶恶，他使农人恐怖起来。但当他见了红巨人的信号时，他立刻看待农人如一个朋友了。

他说道："是的！我知道那医治的方法，我将把药给你。但你所得的东西必须分一半给我。"

农人想了一会，自己说道："一只牛总比没有牛好些，一个孩子总比没有孩子好些。"

于是他高声说道："好的，我赞成你的条件。"

于是白巨人给他两个苹果，说道："你和你的妻分吃一个苹果，把剩下的一个苹果给了你的马和你的狗吃。你的妻会生两个孩子，你的马会生两匹小驹，你的狗会生两只小狗。在某某时候，我会到你那里去，带去了一个孩子，一匹小驹及一只小狗。"

农人拿了苹果很快活地走回家了。当他到了家时，他把一只苹果切成两半，他妻子吃一半，他自己也吃一半。然后他又把那一只苹果切了，把一半给他的马，把一半给他的狗。

到了相当的时候，他的妻生了金头发的两个孩子。马生了两匹金毛坚蹄的小驹，但狗却生了两只小豹，它们也是一身的金毛，还有一口的尖齿。

这两个孩子，一个名做萨瓦沙，一个名做萨委西。别的孩子都是一年一年慢慢地长大的，这两个孩子却一天一天长大起来。时间过去了，所有的小人、小驹、小豹都长大得极快。

渐渐地那白巨人约定要取他所应得的东西的时候快到了。农人心里觉得难过起来，哭得很悲惨，并且穿上了丧服。

当萨瓦沙见了他父亲这样，他便走到他母亲那里对她说道："母亲，你把我抱在你胸前给我乳吃的事，离现在已很久了。我现在还要这样。"

他母亲道："来，我的孩子，我怎么能不答应你呢？"

萨瓦沙用牙咬住了他母亲的胸部，问道："现在告诉我真话，我们的父亲为什么常常这样的悲愁，并且常常的哭？如果你不告诉我，我要咬你了！"

他母亲答道："我的孩子，因为他心里觉得忧愁。"

但萨瓦沙还不肯离开，他母亲只得把一切事都告诉了他。于是他高声笑起来，走到他父亲那里，说道："父亲你为什么坐在那里愁苦着呢？我们都还活着，不必为我们哭。我们这里那里地跑，只有坐在家里的才会发愁。请你听我说，我们将用这个方法和白巨人相见：我们假装一切都如前约。不要怕，我将跟了他去，随机应变地去做。"

父亲被他这几句话说得喜欢起来，于是他离了他刚才坐在那里愁哭的地方，脱下了他的丧服，又觉得快活起来。

然后，白巨人来了，他道："唔，我们现在要分了。"

老农人说道："很好！"

白巨人便选了萨瓦沙，一匹驹，一只小豹，走回去了。他们走了许多路，快要走到白巨人住的那一国了。他们经过乡村，城市，每到一处，人民都静静的站着，向萨瓦沙望着。

当他们到了白巨人住的地方时，他指着他的家向萨瓦沙道："你先走一步，我还到近处做几件事，隔一刻我就会跟上你的。"

萨瓦沙独自走了。半路中，他遇见一个老妇人，她哭着，哭着，几乎要把她的双眼都哭瞎了。

萨瓦沙问道："老婆婆，你为什么哭？"

老妇人道："为的是代你和你的母亲焦急呀！为什么你母亲不在你死之前先死呢？白巨人现在去请他的同类和他们的牧

师了。他们要杀了你和小马，小豹。把你们全都吃了！快些趁他没有回来之前逃走，也许你还能救你自己。”

萨瓦沙跳上他的火蹄的马，带了他的豹，飞快地跑走了。不到一刻，他已飞越过了九个山，又九个山了，当白巨人回家时，他问他的妻道：“唔，你已经把那个少年预备了晚饭么？”

她答道：“哪个少年？什么少年？这里并没有一个这样的人呀！”

白巨人想道：“不得了！他大约是逃走了。我刚才看见九山之后有一个篮子大小的东西，那必定是他了！”

他骑上他的马，鞭了一下，飞跑去了。但萨瓦沙急急地跑着，过了一座山，又过了一座山，一直到了大洋边。他在这大海岸上走来走去，哭着，因为他已觉得没有解救的希望了：大海在前面，巨人在后面。

但他的马突然说道：“你为什么哭，主人？你为什么发愁？你紧紧地握着我的鞍，重重地打我一下，我们便可以逃脱了！”

萨瓦沙放了马缰，紧紧地握着马鞍，但正在那个时候，白巨人已到了，他吼叫道：“好，你原来在这里，你虫豸牙！你现在不能再逃开我了！你只够我一口吃！”

萨瓦沙重重地打了他的马一下，它跳了起来，跳入大海中，从水上游过去，上了对岸。萨瓦沙感谢了上帝，他现在已得救了。当他回首望望，他看见白巨人站在那边岸上，咬着他的牙齿在咒骂他。萨瓦沙放松他的马，领它到一个草地上，休息一会，然后又骑上去，再向前走。到底他走了多少远近，没有人能知道。但后来他到了一个国。他在路上遇见一个牧豕人。

他问这牧豕人这个国内有什么新闻没有，牧豕人告诉他说，国都就在左近，还说，国王是又富又强，生有三个美丽的女儿。

现在萨瓦沙带有两件金袍，所以他对牧豕人说："听我说，如果你肯把你的衣服给了我，再给我一只猪的膀胱，我便给你这一件金袍。"

牧豕人见了有这样占便宜的好买卖，心里很高兴，便把自己的衣服脱下给他，还杀了一只猪，给萨瓦沙些猪肉吃，把膀胱取了出来，洗干净了，送给萨瓦沙。他向牧豕人说声再会，便披上他的破衣，辫起他的金头发，用猪的膀胱遮盖了起来。剩下的一件金袍，他的盔甲，还有他的宝饰，他都把它们放在他的马身上，让它和豹自由地走开。

他的马拔下了它自己尾巴上的一根毛，给了它的主人，说道："如果你需要我们时，取出这根毛，叫着我的名字，豹和我便会立刻跑来的。"

萨瓦沙取了这根毛，向他的两个兽说声再会，便向都城走去。当他到了城里，他向人问道，不知谁要不要一个看鹅的人。人家告诉他说，国王大约可以给他工作。没有一个人看出萨瓦沙是一个美好的少年，大家都以为他不过是一个秃头的穷汉。但国王果然叫他做了看鹅人。于是萨瓦沙天天赶了鹅到河中，取出他的笛，向他的鹅群吹弄着，它们正在河里泅游着。

有一天，鹅群在河中游戏，呢呢地叫着，有的伸头钻入水中。萨瓦沙想，他也要洗一个澡。他立了起来，四面仔细地看着，见身旁没有一个人，然后脱下了他的衣服，拿下了他头上的猪膀胱，跳入水中去。现在恰好是一个机缘：国王的最小的公主正坐在窗旁向外望着。她看见有什么东西光光亮亮的，她再仔细地一看，看出那是萨瓦沙的金头发，浮泛在河面上，好像金的波浪。她的心觉得沉闷起来，坠入一种忧愁中。

每个人都想明白她到底为了什么事，但她如哑了一样，一句话也不肯说。她深深地爱上了那个看鹅人，几乎近于死。

后来，她不能再忍耐了，对她姊姊们道："听我说！我们已经好久没有给东西送我们的父亲了！现在是应该送东西的时候了。"

姊姊们道："很好，我们就去预备礼物吧。"

于是她们每个人都带了一件礼物给她们父亲，大的两个公主送的是华美的衣服和刀剑，但最小的公主却撷下了三个小胡瓜，一个已腐烂了，一个过熟了，一个正新鲜，送给她父亲。

国王十分地诧异，他自己想道："我已做了许多年的国王了，但没有一个人曾送过这样的一色礼物给我。她送这三个小胡瓜是什么意思呢？我最好去问问她。"

他叫了他的最小的公主来，问她送这三个小胡瓜是什么意思。她答道："我说这话是可羞的，但我将告诉你。已腐烂的胡瓜是我的大姊姊——她的时候已经过去了。过熟的胡瓜是我的二姊姊，这个新鲜的一个——是我自己。我们要结婚，我们要丈夫。"

国王道："唔，孩子们，如果你们要结婚，为什么不呢？我除了你们没有别的人了，我的国家和我的一切财宝对我有什么用处呢？"

于是他差了许多使者到国内各处去，使百姓知道，他有三个女儿，现在是要选三位驸马。求婚的人纷至沓来，整个都城都满了。国王把他的女儿们带了前来，他们先已约好，哪个女儿最喜欢哪个男人，她可以走下去坐在他的膝上。大公主第一个在求婚者的队中走来走去，最后坐在首相的膝上了，第二个公主也选中了一个高官。现在是应该三公主来选了。她走来走去，看了又看，但寻不到她所要找的人。

她对她父亲道："他不在这里！"

他向她道："唔，那么，谁不曾来？"

"每个人都到这里来了，只有秃头的看鹅人不曾来。"

大家都以为他不必来，公主一定不会想到嫁给他的！但国王并不赞成他们的意见，叫人去找来了。在半路上，萨瓦沙提了一只兔子，放在他胸袋里。当他来了时，小公主再在求婚者当中走了一遍，当她停在看鹅人面前时，正打算坐在他膝上，但萨瓦沙把兔的双耳露出胸袋外面。小公主怕了起来，不敢坐在他膝上了。

国王叫道："孩子，闭了你的双眼坐下去。"

她照父亲的话闭了双眼坐在萨瓦沙的膝上。国王很不高兴，但他能怎么办呢？百姓们惊诧得如同哑了一样。国王把大公主给了首相为妻，把二公主给了高官为妻，赠了各种的金呀，宝呀，还使他们住在宏丽的房屋里。但小公主和她的看鹅人却只得一小屋子住。他们住在那里，很不舒服，别的驸马都讥笑他们。但时候过去了，小公主开始惊疑她的金发的丈夫是不是真为秃头的人？当她有了这个疑心，她便常常哭着。但秃头的看鹅人却毫不以此事为意，也不管百姓们说什么话。

时间如此地过去了。但国王开始想了，他自己想道："现在我已把女儿们嫁了，但我已经老了，并且没有儿子。我要试验我的女婿，看哪一个可以付托我的国家。"

于是他叫了首相和那位高官来，说道："我不久要死了，但第一你们先要告诉我你们能做什么，给我医好！"

他们问道："那么，你有什么病呢？我们拿什么东西给你呢？"

国王道："你们必须到如此如此的一个地方，捉了一只活的赤母鹿来，取下她的小鹿，割了它的肝，把它带给我，那么我就会病好了。此外没有医药。”

首相和高官忙忙碌碌预备了一顿，骑上了马，上路走了。但看鹅人只得了一匹跛脚的老马，骑上了一步一步慢慢地走着。

那两位驸马讥笑着他，说道：“他骑了这样的一匹马，一定会得到那所求的药的。”

但秃头的看鹅人平心静气出了都城，然后他取出了马尾毛，立刻他的好马来了。他脱下了破衣，穿上了金袍。然后他骑上马，一直跑到国王所说的那个地方。他的马得了一群鹿给他，萨瓦沙捉住了一只赤母鹿，把它缚起来，他自己坐在它旁边。过了一时，首相和高官来了，祝贺他，并恭敬地对他说话。

萨瓦沙道：“为什么你们受这许多跋涉？你们到这里做什么？”

他们同声答道：“我们的国王病了，我们要从赤母鹿那里得到一只小鹿，割取了它的肝给国王。我们将给你你所要的报酬，如果你能把你这鹿给我们。”

萨瓦沙道：“我不要别的，只要你们小指的尖端。”

他们将怎么办呢？他们割下他们小指的尖端，给了萨瓦沙，谢了他，说声再会，骑上马回去了。他们一走，萨瓦沙立刻骑上马也走了。当他走近都城时，他下了马，脱下金袍，又穿上破衣，盖上猪膀胱在头顶，让他的马走了，骑上他的跛老马，当他的两个连襟骑到了都城时，他仍然是一个秃头的看鹅人，与他们相见。他们俩嘲笑着他。

他们讥刺他道：“当然的，你得到鹿肝了，我们却都是空手的！”

他们一路上笑着他，一直到把鹿肝献给国王时。他吃了鹿肝，但病仍不痊愈。秃头驸马的妻却坐在那里哭着。后来，国王又打发他的几个女婿出去找别的药了。

他道：“如果你们要我病好，在某某地方，有一群的豹，你们去把母豹的乳挤了下来，把这乳带来给我。只有这个东西才能治好了我的病。”

两个有钱的女婿仍如前地出发，看鹅人也如前地骑了一匹跛老马一拐一拐地走去。但他一出了城门，便取出了马尾毛，立刻他自己的马立在他身边了。

他对马道：“国王病了，他差了首相与高官去取豹乳，现在你是知道你应该怎么办的！”

马道：“你不要担心！交给我办！骑上去！”

但是他们取了自己的小豹，一直到了群豹所在的地方。当他们到了那里，豹们四面向他们冲来，塞住了他们的路。但他的小豹，却选了一个母豹，把它带到萨瓦沙之前。他把这豹缚了起来，坐在它旁边。不多时候，他的两个连襟也来了，看见以前那个穿着金袍的骑者又是坐在那里。他们觉得十分地诧异，心里以为他必是群兽之王。所以他们很恭敬地走近他，脱了帽，跪在地上向他致敬。

他们说道：“你前次很好心地把鹿肝给了我们。现在再帮助我们一次，随你要什么都可以。”

萨瓦沙道：“很好，如果你们能够给我以你们耳朵的下端，我便可以给你们你们所要的东西。”

他们必须要取回豹乳，有什么法子不服从他的话呢？所以他们便割下了他们耳朵的下端给了他。萨瓦沙挤了母豹的乳，把这乳给了他们，他们带了这乳，立刻回家去了。萨瓦沙放了豹去，骑上他的马，向都城跑来。当他走近都城时，仍然放去了他的马，把金袍换下，穿了旧破衣，又成了苦的看鹅人了。他手里执着破弓破箭，骑着跛老马进城。谁见了他都要笑出来。

当他的妻的两个姊姊见了他，互相说道："他又是空手回来了——但是我们的丈夫却带了药来了!"

他们对他高声地笑着。首相和高官带了豹乳给国王，他们的名誉传遍了全国。但他们的妻却看不起他们的小妹妹了——就是国王也笑着她和她的丈夫，不让他们走近他。但看鹅人一句话也不说出，也不向一个人告诉一件事。他的妻忍受了一切，等待着事情的来到。

不久，国王第三次叫了他的女婿们来，说道："你们两个勇敢的少年已经两次替我取了药来了，但他们都不能医好了我。你们必须再去试一趟，这一趟你们要把生命水带来给我。"

两个驸马又出发了，看鹅人仍跟在他们后面。他骑着那匹跛老马，走过城内街道。但当他一到了城外时，立刻取出马尾毛，立刻他的马站在他身边，问他这一次要什么。他把取生命水的事告诉了它。

马道："我已经都知道了。你的水瓶要有一根长的汲绳，因为生命水是流出于两个岩石之间的。这两个岩石时开时合，他们合了拢来，正如你拍手一样地快。我将跃在他们之间，从这一边到那一边，在那个时候，你可以用水瓶去汲水了。"

萨瓦沙听了话便骑上了马出发了。谁也不知道他们走了多少路，但他们终于到了生命水流出的地方了。一个大岩石立在那里，它的峰顶直入天空，人不能见，它分为两半。一刻儿，它们分开了，一刻儿它们又合上了。没有人类能够经过这两半的岩石。

马对萨瓦沙道："你紧握着我的鞍，重重打我一下!"

他如言，马跃入这两个削壁，萨瓦沙汲满了水，但当它再跳出来时，岩石刚好合了拢来，马尾巴被夹断了。萨瓦沙下了马，让它休息，自己坐在马旁。他刚坐下，他的两个连襟又来了。他们看见前次的那个骑者又已经在这里了，并且已经汲了生命水。他们向他乞取这个生命水，说，任什么都可以给他。

萨瓦沙说，他什么都不要，只要他们二人各被他的马踏一足。他们不得已答应了这个条件，取了生命水而受了马足的一踢。然后他们回家了，把生命水献给国王，他喝了这水，病真的痊愈了。首相与高官自然不肯告诉国王以取得这些东西的真相，所以国王很快活的以为他的两个女婿真是勇敢。但看鹅人的妻现在却真的以为她丈夫毫无什么能耐，不过是一个无用的秃头的人而已。她想，她是被她自己所骗了，是被他羞辱了。

现在，国王他自己相信有了这样勇敢的两位驸马，可以和邻国开战了。于是他差人到邻国去宣战，说不是你灭了我，便是我灭了你。同时，他召集了他的军队，大大小小的人都来了。首相与高官穿了壮丽的盔甲领率着三军。看鹅人脱下了猪膀胱，露出金发，立刻他的马和豹也在他身边了。然后他穿上金袍，拿起兵器，也出去打仗了。他紧追着敌人的军队，在他们当中纵横驱逐，他的刀斩杀了无数的敌人，他的马和豹杀的人比他更多一倍。一天的战事告终了。每个人都奇怪地说着这不知名的战士，但没有一个人知道他是谁，他从什么地方来。他们到处地找他，都没有找到，因为他已经又换上了旧破衣回家了，他的妻也被告诉那个不知名战士的勇杰行为。第二天，战事又开始了。看鹅人又穿上金袍出去打仗。但这一次，他手臂上受了伤。国王见到这生面孔的战士流着血，他叫了他来，用自己的丝巾把他的伤处包扎住。

于是萨瓦沙又偷偷地走开，把金袍又换了旧衣，回到他的家。国王举行大宴会，杀了许多牛，分了许多酒给兵士。同时，他命令每个人都要留心找出那个受伤的勇士，一找出来就使他知道。但酒递过一巡，不见有什么人是伤臂的。国王传令道，每个人都要伸臂取酒，每个人都要到。

国王道："好，现在把酒和苹果同时传递过去。"

因为这样一来，每个人却都要伸出两只手了。当酒和苹果到了萨瓦沙的面前，他只伸出一只手，还有一只手却放在身背后。国王叫他把那只手也伸出来接苹果，但他说，他不要吃苹果，可以多喝些酒。但国王不能答应，于是他的伤臂被发现了，国王的丝巾还扎在上面。现在国王对他的态度完全变了。他拥抱他，吻他，求他原谅从前的坏待遇。

他还说道："我求你明天再出去打仗，显示你自己给我及我的人民看。"

第二天，萨瓦沙依旧露出了金发，穿上金袍，骑上好马出去打仗。这一次他把敌军杀得几乎完全覆没。邻国的王叫人来说，不要把他的人民都杀尽了，他现在投降了，把全国都给他了。于是战事告终，每个人都回家了。现在大家都称赞萨瓦沙，没有人谈到首相与高官了。萨瓦沙的妻眼睛一刻不离她的勇敢的丈夫，但她的两个姊姊却失望而妒嫉地哭了。当国王回宫时，他给萨瓦沙及他的妻一座最宏丽的宫殿住。

有一天，萨瓦沙对他岳父道："现在一切事情都要说明白了，叫首相与高官来，问他们从哪里得来了鹿肝。

事实是如此："我把那鹿肝给了他们，我有证据在这里。"

他说时，把他们砍下的小指尖给国王看。国王叫了他们，见他们的小指尖果然没有了。萨瓦沙道："豹乳也是我给他们的，他们给的代价是他们耳朵的下端。我汲取了生命水，我的马帮助了我。但我也不是白给了他们，如果你看他们的背，你便可以晓得他们所给的价钱了。”

大家果见他们俩耳朵的下端没有了，他们俩的背却有马蹄踢的印子。他们俩垂头丧气、含羞地回家，他们俩的妻也都羞得无地自容。但不久萨瓦沙觉得坐在火炉旁实在讨厌了。他说他要出去打猎。

国王道：“好的，但我求你不要走出我国的边界以外。因为界外住着一个女巫，她如果见了你，必会杀了你的。”

萨瓦沙道：“我们自己会留心的。”

于是他叫了马和豹来，穿上盔甲，出发了。但在他岳父的全国，他觉得没什么可猎取的。于是他骑过了它的边界，见那边可猎的东西真多。他直打猎得心满意足。当他倦了时，他想猎物打够了，便释了弓，坐下休息。远远的地方，有一个高塔。他一见了这塔，便又挂上弓向塔骑去。到了塔边，他走进去，坐在金椅上休息。他见塔内还有一把金琴，一只金羊。他拿起琴来弹，金羊也跟了琴声而跳舞起来。过了一会，一个妇人探头进来了。她问道：“你是谁？你怎么敢在我的塔内弹琴叫羊跳舞?”

他答道：“我是萨瓦沙，请你进来。”

她以枯木般的声音答道：“你要杀我的，我不敢进来。”

萨瓦沙道：“我不会杀你的。”

她道：“好的，如果你真的不想杀我，那么把那一片木块放在你的马上!”

萨瓦沙把她指给他看的木块放在马身上了。他道：“你现在可以进来了。”

她道："你还要把那块木头放在豹身上！"

他也如言。她道："现在再把木块放在你的刀上。"

萨瓦沙也听了他的话。于是妇人进来了，向萨瓦沙扑去。他叫他的马，但马不能动弹，它已被九重链锁着了。他叫他的豹，但它不能动弹。他叫他的刀，但它也不能听命了，因为它也被链锁住了。于是那妇人把萨瓦沙，他的马及他的豹都吞了进去。但当萨瓦沙与他的弟弟萨委西离别时，他们曾拔出了刀，立了一个信约，如果在哪个人的刀上发现了一点血迹，便是表示另一个人在求他救助。

萨委西在家里常常把刀拔出来看。当萨瓦沙被那妇人吞下去的时候，萨委西正看着他的刀：他看见刀上有血点现出。

他自己说道："我哥哥一定有危险了。他要我去救他。"

他站了起来，穿上金袍，拿了他的刀，他的弓箭，骑上了他的忠马，向他父母告别，唤了他的豹同去。他走着走着，走遍了全个世界，他经过千百国，到一处便问他哥哥的消息，但没有人知道。后来，他到了萨瓦沙住的国里了。正如两半的苹果相像一般，萨委西也和他的哥哥相像。现在萨瓦沙已经失踪了许久了。国王下令说，全国都要为他戴孝。但当萨委西来时，每个人都以为他就是萨瓦沙，都十分快活起来。

国王叫把丧服都脱下了，他拥抱着萨委西，还吻着他，说道："谢谢上帝，我的孩子，竟回到我们这里了。你怎么能设法逃避了那个妇人呢？是上帝的帮助，还是运气好？"

上面已经说过，萨委西是非常的像萨瓦沙的，他想道："不错，萨瓦沙一定到什么地方去，从此没有回来。他们以为他已死了，所以为他服丧，而现在见了我那样的快活。因为他们把我当作他了。我将假装着我是真的萨瓦沙。"

于是他高声地答道："我还没有到那个妇人那里去过呢，我明天要去的。"

他于是到了萨瓦沙的家里，萨瓦沙的妻抱住他的颈与他亲吻。萨委西任她相信他就是她的丈夫，但当他们夜里去睡时，他却拔出刀来，横隔了他们俩身体的中间，说道："如果你过了刀的这边，我便要用这刀把你杀了；我厌死了亲吻等等事了。"

萨瓦沙的妻以为她的丈夫必定另和什么人恋爱了，所以不爱她了，所以她便很悲楚地哭着，但后来，她哭倦了，睡熟了。

第二天，萨委西起来极早，到国王那里，问他所说的那个妇人住在哪里。国王告诉了他，但求他不要到她那里去，因为如果去了，一定会失去生命的。但萨委西骑上了马，挂上了刀，唤了他的豹，走去了。他在路上遇到许多野兽，他连看也不看，只一直地向那个可怕的妇人住的地方走去。他见了那个塔，走了进去，从墙上取下了金琴，弹了起来。

妇人出来了，向他问道："你是谁？到我的塔里做什么？你怎么敢弹着我的琴，使我的羊跳舞？如果我进了塔，你的生命便要危险了。"

他答道："我是萨委西，你愿意，可以进塔来。"

妇人颤声说道："不！我怕你，你会杀我的。"

好像她真是害怕。萨委西想道："呵！那就是她骗我哥哥的方法。我要看着她，看她施出方法来。"

因此，他高声答道："进来，我不会用我的武器来和一个妇人对敌的。"

她道："好的，如果你说真话，那么把那片木块放在你的马上。"

萨委西假装的照她的话办去。她道："那不错了，现在，再把木块放在你的豹身上。"

他道："我也愿意这么办。现在你可以进来了。"

那妇人道："不，你还要把木块放在你的刀上。"

他答道："很好，"仍旧假装着如她的话做去，"现在你可以进来了。"

当她一进去，萨委西就把她的头斩下，但她有三个头呢！她现在十分的狂怒，萨委西和他的马，他的豹，三个打她一个。萨委西又把她的第二个头斩下了。

他道："告诉我，女巫，我的哥哥在哪里。你，把他弄得怎么样了？"

妇人答道："如果你不杀我，我便告诉你。我的头里有一个箱子，他和他的马，他的豹，都在这箱里。"

萨委西把那个头斩下，把它剖开了，放出他的哥哥。他们互相拥抱着。

萨瓦沙叫道："唉！我睡了好久了呀。"

萨委西道："是的，如果我不来，你将永不再醒来了。"

于是他把一切经过的事都告诉他的哥哥。他们跨上了马，回家走了。一个人见了他们在路上走，一直奔到国王那里说道："驸马回来了，但却变了两个！一个人会变成了两个！"

国王道："你说什么话？谁曾听见过，一个人会变成了两个！"

于是他向侍臣指着这个报消息的人道："把他放在监狱里去！"

但正在这时，又有一个人奔来了，他也报告说，驸马回来了，但变成了两个。这个报消息的人也被关在监狱里。当第三个人带了这同样的消息来时，国王便对王后道："去看看他们说的到底是不是真话。"

王后去看了：她实实在在的看见两个人走来，这两个人一模一样，简直分别不出来。当萨瓦沙和萨委西到了国王面前时，他也不知道谁是萨瓦沙，谁是萨委西。萨瓦沙的妻也疑惑着，但萨委西把前后的事原原本本的都告诉了他们。国王觉得诧异，但很高兴。他下令备办了大筵席，把王位传于萨瓦沙。于是萨瓦沙请了全国的人都到这大宴会里来，很客气的款待他们。

后来，他们到萨委西那里去了，他现在也是他的本国的王了，他们在那里又有了盛大的宴会。当这大宴会告终，萨瓦沙回转他的国，萨委西留在他的国。

巴古齐汗

古时，有一个磨坊主人，名字叫作拉西，有一次，他辛苦拾来的一袋破布不见了。

他说道："那是不能甘休的，我必须寻出这个贼来。"

于是他自己躲藏在门后。他等待了不久，看见了一只狐偷偷地进来，这狐身下一根毛都没有，背上的毛却松散着。

拉西道："呵！你这生疮贼！原来是你，是不是？"他手执一根木棒打算去打这狐。

狐道："慢点，磨坊主人，慢点！古语说得好，急河找不到海。你难道因为这戋戋的破布被我拿去了便要杀死了我么？我因为偷了你的，将使你成富翁。我将使你娶了可汗的女儿做妻，还将使你成了伟大而有名的人。但有一个条件，在我的一生里，你必须给羊肉我吃，当我死了时，你也须葬我在羊身上。”

磨坊主人很高兴地赞同了它的条件。于是狐跑开去了，它在尘土里搜抓，后来得到了一个银币。它带了这枚银币，到了可汗的宫城里，这所宫城是建在河的那一岸的。

它对可汗说道：“请恕我无忌惮的跑进来，但我是来问你借一个斗去量巴古齐汗的银子的。我跑了许多地方，已经跑倦了，但到处都没有这种斗，所以特地到你这里来借。”

可汗问道：“这个巴古齐汗是谁呢？我没有听见人提过这个名字。”

狐道：“但他是在世界上的，我就是他的首相。”

于是它借到斗，走去了。到了黄昏时，它把斗还给可汗了，但在斗的裂缝里插上那个银币。可汗说道：“我要知道这个狡狐说的话到底靠得住否。”

说时，他把斗摇动着，那枚银币落了下来。他自己想道：“这大约必是真的了，但我奇异，这个巴古齐汗到底是什么人呢？”

第二天，狐又来了，这一次，它要借一个斗去量它主人的金子。当它得到那斗时，它便到各处去寻找，寻来寻去，终于寻到一个金币，它又把这枚金币插在斗的裂缝中，然后把斗还给可汗。

它说谎道：“我们把金子量着，一直量到快天黑了才完事，真是辛苦极了。”

它一走开，可汗又把斗摇着，那枚金币被摇落了。可汗是如何地诧异呀！过了几时，狐又来了。但这一次它是来代主人向可汗的女儿求婚的。可汗很高兴，立刻允许下来。

狐道：“我明天和巴古齐汗同来。”

说了，便跑去了。第二天，它用美丽的鲜花做了一件外衣给拉西穿，还将白木雕了一把剑给他。巴古齐汗——现在他是被称为这个名字了——从远处看来，真像一个彩虹。

当一切事都好了时，狐对他道：“可汗要同他的侍臣们到河边来接你。但你过河时，要故意叫道：‘救命呀！救命呀！河水要把我带走了！说时，把身子泅到水底。那时，可汗的侍臣们自然会救你出河的，以后什么事都顺利了。”

事情果如它说的一样发生。当巴古齐汗到了河的中央时，他故意失脚跌在河中，大叫救命。河水自然把他身上穿的东西都冲走了，所以等到侍臣们下水去救他起来时，他全身差不多同初生儿一样的赤裸了。但他们立刻给他衣服穿。巴古齐汗现在穿了好衣服，人也丰采得多了。但他从来没有穿过好衣服，一向都只穿着一件破皮服，所以新衣对于他似乎很新异，无法掩饰他的丑态。他这边看看，那边拔拔，这边弄平了，那边又皱起来了。

可汗的侍臣们问狐道：“他做什么这样不安？看来好像他以前从未穿过这样的好衣服一样。”

又一个侍臣问道：“他刚才穿的是什么衣服呢？他在远处看来好像彩虹一样。”

狐又说谎了，它道：“那些衣服都是无价之宝，都是用金刚钻及宝石镶满了的。但这种衣服，他还有不少呢，失去了都还不算可惜。我所可惜的是他的那柄宝剑的失去。那是一柄很古的有名的宝剑，是他祖上传下来的。以后永不能再得到像它一样的一柄了。”

侍臣们道："是的，是的！它必是用金银铸造的，怪道我们远远地看着，白白地熠耀在日光中。"

他们到了可汗的王宫，巴古齐汗更觉得奇怪起来。他上面看看天花板，下面看看地板，又看看四面的墙壁，好像什么东西都是新奇的。侍臣们问道："他为什么这样？"

可汗问狐道："看来他好像从前永不曾住过这样的一个房子似的。"

狐答道："不，不，完全不对的！这不过因为……你的宫殿使他不喜欢。"

于是巴古齐汗与可汗的女儿结婚了。婚宴吃了整个礼拜，新娘有了极多的嫁妆。当这一对新婚夫妇动身回家时，可汗使许多人送他们，有骑兵，步兵，鼓吹手，吹笙箫的，歌唱的，少年，女郎，还有一大群的百姓。

狐道："我要先在前头跑回家料理一切，你们慢慢地跟来。"

它说完了话，立刻尽力地飞跑去了。没有人知道它到底跑了多少远，但它终于到了一个平原，那里有大群的牛在吃草。

它问道："这些牛是谁的呢？"

牧童答道："是龙的。"

狐叫道："留心！留心！千万不要再说出龙的这个字来！它快要死了。九个国王的军队带了许多大炮，火药，子弹，要去杀它了。如果你说你是它的牧童，那么，他们立刻要斫了你的头，把你的牛抢去的。但这里有一位可汗——他名做巴古齐汗——这个连国王也都怕他；如果人家问你这牛群是谁的，你只要说是巴古齐汗的；那么，便不会有人害你了。"

狐说了话，又向前跑去，遇到了代龙牧马的人，又遇到代龙牧羊的人，又遇到代龙割稻的人，它都把这同样的事情告诉了他们。它跑着跑着，最后到了龙的宫殿里了。

它叫道："龙呀！龙呀！我竟忘记了向你致敬了，我是来警告你的。七个国王的军队已经跟在我后面来了，他们带着大炮、枪等等。你将怎么办呢?"

龙答道："唉！我能怎么办呢？和这种的一个大军对敌我是不能够的！狐君，你知不知道有什么地方可以使我躲藏起来的吗?"

狐说道："你可以躲藏在这里，"

说时，手指着天井中的一堆大稻草山，快些躲到这边去，因为大军已经跟在我脚后来了。"

龙立刻快快的把自己躲到稻草山里去，那狐呢……它用火把稻草山的四角都点着了。龙在这阵大火中烧得如同腊肠一样了。再说，那一对新婚夫妇，在鼓乐声中，慢慢的向前走着。当他们到了大平原时，见一群牛在吃草，便问牧童，这些牛是谁的，他答道："是巴古齐汗的。"

当他们遇到一群马，再以同样的问题问马夫，他也答道："是巴古齐汗的。"

当他们又遇到了一群羊时，问是谁的，看羊人也说是巴古齐汗的。当他们到了稻田中，问正在收获的农夫，这些田是谁的，他又说道，是巴古齐汗的。侍臣们听了这些话真觉得十分的惊奇，因为他们没有知道巴古齐汗是那么富有的人。至于巴古齐汗他自己却不知道这些东西是哪里来的，他弄得糊里糊涂起来。后来，他们到了龙的宫殿里了。狐在大门口等待着他们。

它把递进一对夫妇来的侍臣们打发走了；它叫巴古齐汗和他的妻住在楼上，他自己住在楼下。巴古齐汗的生活很快活：

他什么事都不要做，不用管，因为狐把一切的担子都向它自己肩上挑。但狐很想知道巴古齐汗是否有些纪念它的劳绩。因此，它于某一天假装地躺在天井中，好像死去。

巴吉齐汗妻对她丈夫道："看呀，我们的狐躺在那里，看来好像它已经死了。"

巴古齐汗答道："如果它死了七次，我也不注意。我早已厌了这无用的畜生了。"

他刚说完了话，狐已从地上跃了起来，开始唱一支小曲道："我要不要讲拉西的故事，讲木刀的事，讲穿破衣的磨坊主人的事？谁把他的膝跪下呢，谁求着，谁恳请那狐，不要弃了他呢？那就是拉西。谁大量地饶恕了呢？那就是狐。"

但天下事情总有个结局……有一天，狐真的死了。但巴古齐汗还以为狐又有什么诡计，所以不敢怠慢，用羊皮把它尸身包起，照以前所订的条件一样。

巴拉与布特

古时，有一个国王，生了三个儿子。但我们这个故事所讲的却是这个国王已死之后的事。

这三个太子听见人们传说，在他们南边，住有一个国王，生了一个女儿，她向神立誓，要嫁给与她比武得胜的男子。大太子决意要去试试他的运气。他穿上美丽的衣服，带了精好的武器，骑了一匹雄壮的马，对他弟弟们说声再会，便出发了。

他骑马向前走着，走着，走了许多路。他走过大谷走过深渊，现在是在无垠的平原上走着。路中，他遇见了一个老人。老人问道："我的孩子，到哪里去？上帝要你到哪里呢？"

这少年把他的目的地告诉了他。

老人问道："女郎与老年人的劝告，在你看来，你喜欢前者还是后者呢?"

少年答道："我自己会留心，会替自己打算的，所以我喜欢女郎比你的劝告为甚。"

老人道："那么，祝你前途顺利，我的孩子。"

少年又向前走去了，后来到了那个国王的都城。他在城门边下了马，国王的人立刻来把他的武器接了，把他的马放去休息了，再引他到客室里。他吃了一顿精美的饭，喝了好些美酒，首相陪着他谈话。

当他吃着谈着时，首相在谈了许多有趣的话以后，问道："客人，你到这里来有什么事?"

少年道："我想和公主比比力气!"

首相道："如果这真是你的来意，那么，你要知道：明天太阳刚出时，你预备到比武场上来，公主也会到那里去的。如果你运气好，你将胜了她；但如果她胜了你，你的头将被斩下挂在长杆上。"

首相说完了话，便起身走开了，这一席话使少年不大快活。他整夜没有闭过一刻的眼，第二天一早，他便到了比武场上。太阳升出海面时，公主也到了。她的盔甲比昨日还要明亮。她向前一走，立在她对手的面前，袒了她的胸。少年晕倒了。

从人立刻上来，斩下他的头挂在杆上。几时过去了，有一天，二太子出发打听大太子的消息，如果有机会，也要与公主比比武。他与他哥哥走着同样的路，也遇到他哥哥所遇到的那个老人。但是为什么费时问去说这许多同样的事呢？总之，他也失去了他的头。

最少的太子等了许久，他的两个哥哥终不回来。后来，他决心要出去寻找他们了。他也要去与公主比武。他日夜地骑在马上奔跑，以后，遇到了那个老人。

老人问道：“我的孩子，你到哪里去？上帝叫你到哪里去？”

少年告诉了他的意愿。老人道：“女郎与一个老人的劝告，在你看来，你到底喜欢前者还是后者呢？”

少年答道：“我并不大喜欢女郎，但我却很愿意听老人家的劝告。”

老人说道：“听呀！她相人比武，并不以力量胜人，她只解开了衣甲，袒出她的胸。就是最强壮的人也不能挡得住。所以，如果她用这个同样的方法对待你时，你把眼睛低下，向她冲去，你便将很容易地打胜她了。”

少年谢了老人的忠告，催他的马向前走了。当他到了国王都城边，他下了马。

一切都和他哥哥们所见的一样，国王的用人侍候着他，给他酒肉吃，首相来陪他谈话。……总之，一切事情都和他两个哥哥所遇到的一样。在日出之前，少年就起身了。太阳一出，公主也来了。她解开衣甲，袒出胸部，但少年的眼连看也不看她，他向她冲去，因此打胜了她。

他把刀放在她的咽喉上，问道：“我将放了你呢，还是砍下你的头？”

公主求道：“放了我吧，我是你的了！”

他说道：“那么，立刻和我一同走，我必须快快地回家。”

公主道：“如果你肯为我办一件事，我便和你同去，不然，我便不去，也不嫁给你。”

少年答道：“如果你胜了我呢，我的头早已被挂在杆上了——而现在你还要命我去办事！就这样吧。你，是一个女人。

命令我吧！要我做什么事？”

于是公主由一个匣子中取出一只金拖鞋，把它抛在太子面前，说道：“它失去了一只同伴，去找到它！”

他把拖鞋放在他的背囊中，骑上马走了。他骑得或快或慢，他经过高山，经过深渊，经过大河，经过无垠的平原，然后到了一片美丽的草场上，这片草场开满了花。在草场中间，有一座花园，如天上乐园一样的可爱，在这花园，有一座美丽的帐篷张着。

他在帐篷旁下了马，放了马去吃草，自己走了进去。一切东西都有秩序，但没有一个活人住在那里。

在帐中间有一个泉喷着水。他在泉中洗了一回澡，然后躺下睡着了。过了一时，有人把他叫醒。

新来的人说道：“嘎，朋友，这个花园大约是你父亲的吧，所以你把马放在那里？站起来表示你的勇敢！”

我们的英雄一跳起身，四面看着，见一个美貌的少年站在他面前。

少年问他道：“你要怎么打？在马上或是步战？”

他答道：“步战。”

他们俩接近了，打了又打，但谁也不能胜过谁。他们一直的打着……到了中午，到了下午，——太阳快要西沉了，他们还是各不相下。

少年道：“够了！我要走了。明天一早，我一定再来。我的羊群在山背后吃草，你傍晚时到那里去得些吃喝，因为这里不会有人来侍候你的。”

他说了话，便不见了。我们的英雄上马跑到羊群吃草的地方。牧人们来迎接他，牵住了马，脱了他的外衣，杀了一只羊，在火上烤起来，待他很客气。

当他吃喝过了，牧人们走开了，只留下他和一个少年人坐在火边。

我们的英雄问道："这些羊是谁的呢?"

少年道："他们都是属于一个女郎的，她的城堡离此不远，有两只龙为她看门。"

我们的英雄问明了到城堡去的路径，他便带了一只羊，骑上马走了。他开了门走进去，两只龙向他扑来。他把羊裂为两半，抛给两只龙。然后他冲奔进屋内，看见和他比武的那个少年人躺在那里熟睡。她不是男人，乃是一个女郎。

我们的英雄把手放在她胸前，说道："起来，坏人，我要夜里和你打仗!"

女郎立刻跳起来。他们俩又在打了，但谁也不能打倒谁。后来我们的英雄一拳打在她右胸上，她倒在地上了。

她说道："现在我是你的了，随你的意思怎样处我。"

她刚说了话，两个牧师走了出来，为他们俩证婚。现在他们是夫妻了。他们同居了三夜，到了第四夜，我们的英雄预备要动身了。

他的妻问道："你到什么地方去?有什么急事?你是从什么地方来的?"

于是他告诉她他和那国王的女儿间的事，从背囊里取出拖鞋，抛给她看。

他的妻道："但这只拖鞋一定是从我足上脱下的。她还能从别的地方得到么?"

于是她给他那一只拖鞋。我们的英雄把两只拖鞋都放在他的背囊里，和他的妻说了声再会，便跳上马走了。当他回到那国王的女儿处时，他把一只拖鞋抛给她，说道：“找到了，取了去吧！”

她道：“很好！但有一个人名叫巴拉，他有一妻，名布特。如果你不找到他们，晓得他们俩经过的事，我也不嫁给你。”

我们的英雄摇摇头，又骑上马，走着前人未走过的路。他日夜地奔走着，走了极长的路，后来到了一个地方，天晴时，那里是一片泥泽，下雨时，那里一片灰尘。

他下了马，把马系在一株树顶长至天空的大树上。他向树上看，后来看见在树的绝顶上有一个鹰巢，巢中有几个小鹰，都有牛那样大小。

他爬上树，一只三个头的龙也跟了足后爬上——但我们的英雄仅一刀便把它的三个头都斩下了。不久，母鹰飞来了，它飞来时，树和山都震动着。

它问他道：“欢迎，英雄！现在让我做了你母亲，你做了我儿子！你已经把我儿子们的仇人杀死了。你要什么报酬，我都可以答应你。”

我们的英雄道：“带我到巴拉和布特的家里去。如果你要报答我，这就是最好的报酬了。”

母鹰道：“呵！但如果我们到那里去了，我们俩都不会再回来的！再向我要求别的。你可以住在这里，有什么事我替你办去。”

我们的英雄道：“我再没有别的事烦劳你。如果你不愿意和我同去，那么，请告诉我到那里去的路径。”

母鹰道：“不，如果你一定要去死，那我也不退缩。坐在我背上来。”

它伸开了翼飞去，每一动翼，一座山一条河或一个国已在背后了。后来，它停在一个高山的岩上。山前有一座耸入云端的高塔。

母鹰道："巴拉与布特就住在这个塔里。到他们那里，说完了话，准时回到这里。如果你有好运，他的箭不射到你，我们便一同飞走；如果运气坏……唔，在你以前没有人到这里的曾生还过，在你之后，也永不会有人会生还。"

我们的英雄便到了塔前，问道："你们接待一个客人不呢?"

巴拉道："为什么不呢，朋友?"

说着，他立起来，握住他的手，叫他进来坐下，问他从哪里来，有什么事。我们的英雄告诉他所有的事，连极小的地方也说出来。

巴拉道："好的，好的，我们先吃些东西，再说布特和我的事。"

饭吃过了，巴拉把剩下的给狗吃，狗吃剩的才给一个立在门后已经半身化成石像的妇人吃。她不想吃，但巴拉拿起鞭来吓她，她吃了。我们的英雄很生气，问他为什么给这妇人吃狗剩的东西，她犯了什么罪。

巴拉道："她是我的妻，就是布特。我们结婚以后，很快乐地过了好久。但后来，我一躺在她身边，她便变冷了，如雪一样，如冰一样。我于是疑心了她，私下地侦察着她。有一夜，我把大拇指割了一下，把盐放在伤处，使我自己不会睡，但却躺下，假装着熟睡。……过了一时，我见她爬起床，穿上衣服，出了屋。我也起床来，取了兵器，跟在她后边。我有两匹马在马房里：一匹是风，一匹是云。她骑上了风马，我也骑上了云马，跟在她后边。她在前，我在后。但风马比云马快，我落后了，但并没有不见了她。如此地，我们到了纳兹巨人住的塔那里了。布特下了马，走上塔的最高一层，我也跟了上去。她开门进去，我站在门外侦察着。有七个纳兹兄弟在屋内，他们把我的妻从这边抛到那边，以为笑乐，正如孩子们玩着皮球似的。当他们游戏倦了时，便坐下吃喝。吃喝饱了，有一个纳兹巨人到外面来，我一刀把他的头砍下，同样的我还杀了五个纳兹。屋内只剩下我的妻和一个最少的纳兹了。我自己想道：'一个总打得过!'于是走了进去。但他拔出刀来和我打，布特跑到旁边看着我们。我一刀，他一刀，我不知是我的运气好还是刀法好，竟一刀砍下他的一只腿。我让纳兹躺在地上，奔向我的妻那里，但我没有捉到她，她已经先骑上风马走了。我跳上云马追她。她先到家，把我的魔鞭拿在手里，等着我。我一进屋，她使用鞭打我，说道：'变一只狗!'而我便变了狗。我过了七年的牧牛生活。到了第八年，她又用魔鞭打我，把我变一只鹰。我一直飞到家。不久，布特也回家了，她把魔鞭挂在墙上，走出去了。我飞到魔鞭那里，以身碰它，说道：'把我复变为从前的巴拉!'于是我复原形了。我取了鞭，向妻打去；她退身不迭，可怕地惊叫一声，倒在地上了。我对她道：'不要怕，我不杀你，但你也须受我以前所受的苦。变成一只牧狗。'于是她也当了七年的牧狗。后来，我把她变成一匹马，又把她变成半身是石像的人，如现在的样子，吃着狗剩下的东西。现在你要知道：那国王的女儿杀了你的两个哥哥的，就是布特的妹妹。我把他一只腿砍下的纳兹，就是她的丈夫。她把他藏在房子的地窖中，他们已生了一个孩子。现在你已知道了巴拉与布特以前的事了，但……"

巴拉刚说完了话，我们的英雄便站起来道："我现在可以看看你的房屋亭院吗?"

他走出塔外，飞奔着跑到母鹰在等候他的地方。它立刻把他放在背上，极快地飞了回去。它的翼像疾风暴雨似的拍打着，飞过了许多高山深谷。但巴拉却还等待着他的客人，他以为客人正在看房子。他等了许久，等到中午……但客人没有回来。

巴拉道："他有什么事了呢？"

出去找他，也不见。后来巴拉明白他的客人已经逃走了。于是向他射了一箭。这箭穿过鹰翼。羽毛散落着，如一个破椅垫一样。

母鹰向我们的英雄道："他伤了你吗？"

他答道："不，这箭只飞过我的右耳下面，割去了几根头发。你怎么样？"

母鹰道："我的骨没有碰到。如果我们有运气，他不要再射一箭。"

巴拉并不再射，鹰遂带了我们的英雄到国王的都城，然后它飞回巢了。但我们的英雄召唤了所有的都城人民在一处——国王，首相以及百姓们——把他们带到公主那里去。他把从巴拉那里听来的话都说出来。公主很不高兴，但否认一切事，说道："那不是真的，你没有看见巴拉，因为没有人能逃了他的箭。你怎么能逃开呢？"

我们的英雄对国王道："你如果要知道谁是说着谎话，那么，请你到你女儿房下地窖中去看看。因为被巴拉砍去了腿的人必定在那里。他现在是你女儿的跛丈夫，她生的孩子也一定在那里。如果我说谎，那么，你杀了我，但如果我说的是真话，那么把她处死。"

公主听了这些话，脸色变得如死人一样的白。但她无法可想，大家去搜查了，我们的英雄的话果然不错。

国王道："你使我受辱受羞了。"说时，他杀死他的女儿。同时，我们的英雄也结果了纳兹与他的孩子。经过了这许多危险困苦，我们的英雄回到他的妻的那里，成了他本国的王。

处女王

古时，在太阳奇热地照射着，火如瀑布似的落下时，有一个国王。他是一个聪明的国王，他的行政很公平，全国都听他的命令。他有三个儿子。事情是这样的发生了：他的双眼盲了，疾病连绵，把他的体力都弄得衰弱了。三个儿子曾在一处商量，然后到了父亲跟前。

他们对他说道："父亲，难道你的盲目没有药可以使它们复明吗？难道你的疾病没有药可以使之痊愈么？请你命令我们，我们即使冒着生命的危险，也要去寻一种药来治好你。"

国王答道："那么，你们到处女王的花园里去采些果子来，只有那里的果子才能够医好我的眼和我的病。"

于是三个儿子又商量了一次，大儿子头一个出发采这个果子了。他骑了一匹好马，带了兵器上路走去。他走过我们的山（即高加索山），走过别处的山，再经过几个国。

后来他遇到了一个老人，胡须都白了，坐在那里修补为太阳热力晒裂了的土路。大儿子对老人道，“你好呀，老人家，你的工作是白费力的。”

老人道：“你也好呀，我的孩子，你的工作也是白费力的！”

我们的英雄催骑再向前走了。最后他到了一个地方，那里河里流着的是牛乳，葡萄在冬天成熟。他寻见了几所美丽的花园，园中结着许许多多的奇果。

他想道：“如果处女王有花园的话，这些一定是她的了！”

于是他采了许多的果子，装满了一背袋，又催骑回家了。他叫道：“父亲，你好呀！”

于是把他的背囊献上给他。国王道：“我的孩子，你好呀，为什么你回来得这么快？”

他的儿子道：“父亲，我到了一个地方，河里流的是乳汁，葡萄在冬天成熟。我在那里找到了一个美丽的花园。我想，如果处女王有什么花园，这些花园一定是她的了。所以我采了这些果子给你，现在都在这里了。”

国王愁苦地答道：“唉！我的孩子，处女王的花园离此远着呢，远着呢。你到的那个地方，我也知道，我少年时常常到那里去，我到那里，还不要煮熟汤团的那样久的时间呢。”

现在是第二个儿子出发了。他骑上好马，带了好兵器，催着马走了。在路上，他又遇见那个修补裂路的老人了。

二太子道：“你好，老人家！你的工作是白费力的！”

老人答道：“你也好，我的孩子，你的工作也是白费力的！”

我们的英雄催着马再向前走，他走过葡萄在冬天成熟的地方，到了一个河里流着香油，泥和灰尘都没到膝盖头的地方。他在那个地方见到了好些花园，他见了这些花园，浑忘了以前见过的一切的花园。生在那里的果子比得上天国的果子。他采满一背袋的果子，催马回家了。

他说道：“父亲，你好！”于是将背袋献给他父亲。

国王道：“你好，我的孩子。你为什么回来得那么快？”

他的儿子说道：“父亲，我走过河里流着乳汁，冬天熟着葡萄的地方，到了一个河里流着香油，泥土没到我的膝盖头，空中飞满了灰尘的地方。我在那里，寻到了一座花园，好像天上的乐园一样。我想，这一定是处女王的花园了，所以我采了这些果，现在献给你。”

国王答道：“唉！唉！我的孩子！我少年的时候，常到你所去的那个地方，只要吃一筒烟的时间就到了。但是处女王的花园，远着呢，远着呢。”

现在三太子出发了。他走了许久，遇到了那个修路的老人。他说道：“你好，父亲，望你的工作成功！”

老人答道：“你也好，我的孩子，愿你的工作也成功。”

少年问道：“你没有什么话教训我吗，老人家？我要到处女王的花园，去采些果子回来。”

老人道：“自然有的，我的孩子。我不仅教你一个，并且是三个教训呢。现在听我说！你经过乳汁的河，香油的河，再经过甜蜜的河。从那里再走上你以前走的那么长的路，于是你到了一个水晶塔，一个银塔，一个金塔那里，这三个塔都是高到可与天空相接触着的。这些塔就是处女王住的地方。塔门上锁着一把铁锁，你不要以为这锁可以用手来开。不，你须用锥头把一枚铁钉钉入木中，用这钉来开锁。当你到了花园中时，你须用草把你的足包裹起来。采果时，不要用你的手，拿着一根木棒去采它们。”

少年道：“谢谢你，老父！”于是催马向前走了。

经过了乳河，经过了油河，经过了蜜河，他在傍晚时走到了处女王的塔下了。他把马系在路旁木杆上，钉了一枚铁钉在木片上，便去开锁。

锁叫道：“铁打胜了我，铁打胜了我！”

处女王在塔内说道：“如果不是铁自己，那么什么会打胜铁呢？静静地让我睡吧！”

她以为锁自己在相打。少年用草包裹了脚，走进花园。园里的草叫道：“草打胜了我！草打胜了我！”

处女王道：“自然是草打胜草了。让我睡吧！”（她以为园中的草自己互相压迫着）。

然后三太子用木杆采取了果子下来。所有园中的树木都叫道：“木打胜了我，木打胜了我！”

处女王道：“那自然是不错的，木打胜了木。”（她以为一枝的树木与别的树枝相摩擦）。

少年已经把果采下了，跨上了马，正打算跑回家，忽然触动一个念头，要见见处女王，即使冒了生命危险也不管。所以他走上塔梯，进了她房间，向她望着。她躺在金床上，在她眉睑上，有一粒星，在她眉下，月亮耀着她的光辉。金灯银灯立在她头旁足旁，在房的中间，放着一张桌子，桌上有各种的食物，有各种的酒。他要使处女王知道他曾来过，便吃了些食物，喝了些酒，吻了睡女王三次，轻轻地咬她的面颊，但她没有醒。于是他出塔来，上马回家。

他说道："父亲，你好。"

说时，献上了背袋。父亲道："你好，我的孩子，你回来了吗？"

少年道："父亲，我到了处女王的花园，我把这果子带来给你，希望它真的能医好了你的一切病。"

父亲尝了尝果子，说道："你办得对，我的孩子！我的双眼不久就可重明，我的病体不久就可复原了。"

再说处女王第二天睡醒时，她在镜中照照，看到少年咬着她颊的齿痕。以后，她又见桌上的酒和食物有人吃过。她回首向镜问道："谁曾来过这里？"

镜子把少年的事都告诉了她。她是七个国的王，于是她召集了七国的军队，向着盲王的国境出发。她下营于他的都城外边，叫一个使者对盲王说，他必须立刻把偷采她园中果子的人送出给她。

起初，大太子出来，声言果子是他偷的。

她对大太子道："听我说，勇敢的夸口者，你怎么去采这果的？"

他答道："我怎么去采这果的么？当然的，用我的手。"

她说道："我的朋友，那是不对的，你回家去吧。"

于是第二个太子出来了，他也被处女王打发回去。最后三太子出来了。

她问他道："听我说，勇敢的夸口者，是你去采我园中的果子的么？"

太子道："不是我还有谁？"

她又问道："你怎么采的?"

他便照实的告诉她采法。于是她站起身来，当着大众之前，吻他三下，咬他的颊一下。然后又吻他，又咬他那边的面颊，说道："我要报他的仇，较他施于我的多一倍。"

于是他们臂挽臂地到盲王面前来。处女王用手摩着他的脸，又用手摩着身。立刻，他的眼重明了，他的病痊愈了。他如同水牛一样的壮健。于是三太子与处女王结婚了。他们生的男孩都像他们的父亲，生的女孩都像他们的母亲。他们到现在还快活而满足地活着。

三愿

古时，有一个寡妇，她听见人说，如果在拉马顿斋节（注：拉马顿斋节为回教中之第九日，未严重之斋戒节）的第十五夜，向上帝求三个愿，他一定会给他们的。

这位好妇人很不耐烦地等着拉马顿的来临，她说道："唉！希望拉马顿节立刻到了呀！"

谁知道她究竟等了多少时候呢？但拉马顿节终于来了，不久这节的第十五夜也到了。中夜时，这位寡妇向上帝求她的第一愿道："呵，上帝，把我儿子的头颅变得大些！"

她的第一愿立刻实现了！在一刻时光，她儿子的头颅变成了如一只铁锅那么大。寡妇几乎不相信她的眼睛，但实实在在是这样，她惊怕起来，立刻向上帝求第二愿道：“上帝！使我儿子的头颅变得小些！”

于是他的头颅渐渐地变得小了，小了，一直变到如一粒谷一样小！但是现在那位好妇人神志清楚起来，她说出她的第三愿道：“无上的上帝！使我儿子的头颅变得和以前一样大小。”

这个愿望也立刻实现了。

阿述曼

古时有一对夫妻生了一男一女。男孩子名叫阿述曼。有一天，妻子病了，对她丈夫说道："我要吃些肉。"

他问道："你要吃什么肉呢?"

她答道："我要吃阿述曼身上的肉。"

于是男人把他的孩子杀了，把肉给他的妻吃。当女儿回家来时，她说道："母亲，我饿了。"

母亲答道："那边角上放着你的汤。拿去吃吧。"

但女儿吃着她的汤时，她看见汤中有一个小指头。

她说道："那是我哥哥的小手指。"

于是她用襟巾把这小指头包了，带到礼拜堂去。这小指头变了一只鸟。这鸟飞开了，先飞到一个布商那里。鸟问道：“如果我唱了一首小歌给你听，你将给我什么呢？”

布商道：“一片绸。”

于是鸟唱了：“我是一只小鸟，小鸟，小鸟，我啁啾啁啾地叫着！我父亲杀了我，我母亲吃了我，我的小妹妹让我飞开去了。我是一只小鸟，小鸟，小鸟。”

当他得了绸，又飞到一家针铺，他问道：“如果我唱了一首小歌给你听，你将给我什么呢？”

店里人答道：“一包针。”

于是鸟又唱了：“我是一只小鸟，小鸟，小鸟，我啁啾啁啾地叫着！我父亲杀了我，我母亲吃了我，我的小妹妹让我飞开去。我是一只小鸟，小鸟，小鸟。”

他得了针。又飞到一个鞋匠那里，他唱了歌，得到了一双鞋。然后他又到了铁铺，唱他的小歌，又得了一包细钉。从那里，他飞到他父亲的屋脊上，叫道：“父亲，向上看！”

父亲道：“但是你也许要向我报仇！我害怕！”

鸟道：“不要怕，你用一面筛箕放在脸上再向上看。”

他父亲仰面向上看时，鸟把针抛在他脸上，于是他的双眼瞎了。然后，他又叫了他母亲出来，也用细钉把她的双眼弄瞎了。但后来，他叫了他的小妹妹出来，要她把衣服的下襟兜起来，他要给她些东西。他先把绸抛在衣兜上，然后又把那双鞋抛下，就此飞了开去，永没有人再看见他了。

忠仆

古时有一个国王，他生了三个儿子。现在他要试验他们，看他们三人中谁是最聪明的，因此他每人给了五六百个卢布，说道："拿了这些钱去，随你们用，好好地悦乐你们自己。"

那两个哥哥，拿了钱去，就呼朋引友，大家快乐几天，不久便一个钱也没有了。最少一位太子，也去找朋友，但没有一个合意的人，可以使他把钱用在有用的地方的。他经过一个墓场，看见一个人用手棒在击打一个坟。他走近这人，问他为什么打这墓。

那人答道："埋在这坟中的死人曾欠我七十卢布不还，所以我羞辱他的墓。"

太子立刻取出钱袋，拿了七十卢布出来给他，叫他不要再做这种可耻的行为，让死人安静的躺着。于是太子回家了，但他很害怕，不敢告诉他父亲他用这些钱的方法。两个哥哥也在这时从快乐场中回来了。三天以后，国王叫了他的三个儿来到他面前，问他们怎么花费他们的钱，他们遇到了什么事。两个大儿子说出他们怎样的用了这些钱，过了几天快乐的时光。但最小的儿子告诉他说，他把钱用在坟地上了。

他还说道："除了把七十卢布给了打坟的人以外，我没有再花费一个钱。我现在还存着其余的钱。"

国王对于他的两个大儿子很生气，但他大大地称赞他小儿子的行为，答应他在他父亲死后，他可以承继了王位。

国王还说道："但在现在，你先有你自己的家，家用多少，我都给你。先去买些家具，还要雇一个仆人，但你所雇的人，需要是一个当你吃饭时对他说道：'到这里来，和我同吃。'而他不肯的人。"

几天以后，少太子到市场去求一个仆人。他寻到一个，那天晚上，当他坐下吃饭时，他请他和他同吃。仆人答应了。但太子没有忘记他父亲的教训，第二天辞去了他，又雇了一个来。这一个仆人，当太子请他同桌吃饭时，他也答应了，因此也立刻被辞退了。第三个仆人却辞谢了他主人的邀请，他说道："吃饭么，主人？不，我要等你吃完了再吃。"

不管太子多少次的请他同饭，这仆人总是坚持地说道："等你吃完了再吃，主人。"

太子自己说道："这个真是我父亲所说的一个了。我将留用他。"

于是他用七十卢布的薪水雇用了他。这仆人真的是又得用，又聪明，太子十分地喜爱他。过了几时，太子招了一大队人到邻国去游历。有一两个商人附在这个团体当中。现在，到邻国去的道路有两条，由一条去，只要七天，由别一条去，却要三个月。但短的那条路却是很危险的：谁走着短路，总要失踪不见，没有一个人知道他们到哪里去了。但不管这样，那仆人却劝太子走这条短路。

太子道："但是什么人由短路走的，他都永不回来了！"

仆人道："你何必自扰如此，我求你走这条短路。"

太子是十分喜爱这仆人的，便听了他的话，告诉大家说，他要选那条短路走。两个附在他们团体的商人，求太子变更他的计划，但太子不听。于是他们出发了。夜间，他们扎行帐于某处，吃了一顿饭，然后躺下休息。仆人守望着。到了中夜时，太子的狗吠叫起来，仆人听见有人从丛林后对狗道："狗呀，你主人不久就要杀死你了，他要把你的血擦在他的眼上，让我取些他的货物吧。"

但狗一直吠叫到天亮，仆人也看守到那个时候。不久，他们毫无阻碍地到了他们的目的地，卖了他们的货物，买了新货物。那两个商人，便是选择长路来的，那时方才到了那里。他们见太子的团体经过短路而没有受害，十分的惊异。那仆人请他们在归途时也加入太子的团体，走短路回去。这一次，他们也赞成了，大家都一同回去。有一夜，他们把行帐又扎在太子们来时所扎的地方。每个人都熟睡了，只有那仆人在守望，狗在中夜又吠叫了，仆人又听见丛林后面有人对狗说道："你的主人要杀你，把你的血涂在他的眼睛上了，还是让我取了他的东西去吧。"

仆人把太子叫醒了，告诉他怎样的他听见人声，他要跟了那人追去，叫太子也跟了来。

太子道："很好，你领路吧。"

于是仆人向发出声音的那个方向走去。不久，看见一个人似乎跑走了。他追在那人后面，看出那人突然地消失到地面下去了。更走近些时，他见地面上有一个大洞。同时，太子也追到了，仆人道："我要下到洞里去，你放了一根绳下去，吊上我缚在绳上的东西。"

但当仆人爬下洞时，他看见全洞都放满了金银，三个女郎坐在金银堆中。一个比一个美丽。她们问他道："你为什么会到这里来？这些东西都是七个狄孚所有的。我们也是他们所有的，他们把我们从世界上三个地方带来的。如果他们见了你，他们要把你吃下去的。"

仆人问道："那么，他们在哪里？"

女郎道："在那间房里。"

仆人走入进去，把七个狄孚都杀了，割下他们的耳朵，包在布中，然后他带了三位女郎同到洞边，把她们一个个缚在绳上，叫太子拉了上来。狄孚们所有的东西，都是从走短路的旅客们那里抢夺来的，旅客们则被他们所杀。现在这些东西都被仆人一件件缚在绳端，叫太子拉上去。当什么东西都运完毕时，他把绳子缚在自己身上，也被拉上去了。于是全个团体都回家走了，他们把新得到的财宝以及三个女郎都带了走。财宝都载在骆驼上。当太子到了家时，他见他父亲的双眼盲了，他的姊姊发狂了。他们所以会病，都因为在家里，听见人说，三太子选了短路走，他们以为他必定是死了，所以他们哭着，焦急着，父亲的眼便盲了，姊姊便发狂了。但过了几时，仆人请太子和他同去打猎。他们走了全日，但得不到一件东西。当他们深夜回家时，仆人在路上把猎狗杀了，取出手巾，把狗血沾染上去。

于是他对太子道："不要为狗而悲哀。杀已经杀了，事情不久便会忘了。"

太子因为爱这仆人，一句话也不说，如此的，他们回家了。两三天以后，仆人到他主人那里，说道："我的雇期已快满了。你们三位兄弟，现在必须娶了我们从狄孚的窟中救出的三个女郎。"

这事也照他的意思办了。大儿子娶了年纪最大的女郎，二儿子娶了二女郎，三儿子娶了最小的一个。不久，仆人的雇期满了。

太子求他再做下去，但仆人不肯，拿了他的薪水，说道："来，我们到外面散步一会，因为我有事要告诉你。"

他们到外面了，仆人向以前有人打坟的那个墓地上走去。当他们走近了时，他们见墓中有光照出：它是一个新墓，新掘的。仆人说道："我要试试看这墓合于我否。"

说时，他走进墓，躺了下来，刚刚相合。太子还说道："这墓看来好像是为你而做的。"

仆人道："把你的手给我，拉我出去。"

当太子伸出他的手时，仆人把他的七十卢布的薪金及沾着狗血的手巾放在他掌中，说道："把这血擦你父亲的眼；把狄孚们的耳朵放在水中煎了，把汤给你姊姊喝；那么，你父亲的双目会重明，你姊姊也会痊愈了。你父亲将传位给你。"

他说完了话，他的墓石盖在他身上了。太子哭他的仆人，哭了许久，悲惨地走回家。但他照他的仆人教他的话做去。他父亲的双眼果然重明了，他姊姊的狂病也好了。于是老王禅位，他的最少的太子登基为王，很得百姓的欢心。

红色鱼

这里是一段神仙故事。古时有一个国王，因年老，双眼瞎了。医生们告诉他说，在白海里，有一只颜色美丽的鱼，头上有一支角，名为“红色鱼”的，如果能够把这鱼捉了来，将它的角擦在国王双眼上，他便可以再看见东西了。

国王叫他的儿子同了渔人们一起去捉这只鱼。太子把渔人召集了来，他们一同出发了。两个全天，他们放网在海中，没有得到什么。

到了第三天，他们把红色鱼捉住了。但是这只鱼是如此的美丽，他们简直不忍下手去杀死它，于是他们把这鱼又放回海中去了。但太子叫渔人们罚了一个恶咒，说他们回去时，一句话也不提到他们已捉住这只鱼。于是他们回家了。现在事情来了，有一天，太子因事打了一个黑奴一顿，这个黑奴是他父亲仆役之一。他含恨直跑到国王那里，告诉他捉住红色鱼的一段事。

国王生气非凡，便把他儿子逐出国外。当他向他母亲告别时，她对他说道："如果一个人在路上跟了你走，你可站住了，等着他；如果他一直向你走来，你把他当作同伴；如果在吃饭时，他给你吃的比给他自己的还多，那么你可和他做普通的朋友；如果在夜间当你睡时，他要为你看望，你可先假装熟睡，看他如果真是没有阖眼去睡，那么，你便做他的朋友。"

于是太子向他母亲告别，到了海外去了。在路上，他看见一二个不认识的人，他如他母亲所教导的去做。那位生人离他有几步远地跟着。他们夜里在一个空地上睡——太子假装睡着了，但那位生人却醒着，全夜看望着，没有去睡。在早晨，他们一同吃早饭时，那位生人放在太子前的东西倒比放在他自己面前的多，于是太子自己说道："我将与这位生人成一个很好的朋友。"

不久，他们到了一个城里，他们住在一个老妇人家里。他们问老妇人道："你们城里有什么新闻？"

老妇人道："是新闻么？我们的国王，有一个女儿，她在七岁之前是能够说话的，但过了七岁，她便变了一个哑子了。国王立誓说，如有能使她说话的人，他将把她嫁给这个人。但他如果试了而不能成功，他的头是要被砍下的。有许多人已经试验过了，他们都不成功，——一所整个的屋是用他们的骷髅造成的。"

当太子和他的朋友听了这话，他们决意要试试他们的运气。

一大群的人聚集在国王的宫中，要看这个试验。太子的朋友要求他们，如他向他们问三个问题时，他们千万不要回答。于是他们全都走进公主住的地方。公主坐在一个绒幕的后面。

太子的朋友开始讲一个故事："古时，有一个裁缝师父在外旅行。半路上，有一个木匠加入与他为伴，后来又有一个回教牧师加入了。他们在一座黑暗的森林中过夜。木匠是第一次的看守人。当他觉得快要睡觉时，他拿起一块木头，把它雕成一个孩子的像。裁缝师父是第二次的看守人。当他觉得快要睡觉时，他动手为这木偶做一套衣服，还把它们穿在他身上。牧师是第三个看守人。当他看见这一个孩子形的木偶，又看见它已穿了一身衣服，他便恳求上帝给这孩子以灵魂。上帝听见了他的祈祷，于是这木偶成了一个活的孩子。但到了早晨时，三个人开始争论了，每个人都要这个孩子。木匠道：'他是我的。'裁缝师父道：'不对，他是我的。'牧师道：'你们想什么？孩子是我的！'现在，诸位，你们的意见如何？你们在这里的人，告诉我，这个孩子应该属于哪一个人？"

但没有一个人回答。说故事者连问了好几次，还是没有一个人作声。只有公主不能再忍耐了。她在绒幕后叫道："你们为什么不回答？当然的，那孩子是属于牧师的！"

立刻，全体的人都快活得大叫道："好呀！她说话了。"

于是国王把公主给了太子为妻。夜间当新郎要到新娘那里去时，他的朋友告诉他不要把门锁上了。当少年夫妇正睡时，那位朋友走了进来，看见一条大蛇游进了室。他用他的金钻刀把蛇杀了。第二天，每个人都知道这事了。十天以后，太子要辞行回家了。国王给他十个仆人，给公主十个女仆，还有十只骆驼，载了十箱的珠宝。当他们到了太子的朋友上次加入与他为伴的地方，那位朋友对他说道："现在我们必须每件东西都平均分配一下。"

太子很高兴这样办。他们每件东西都分为两半，珠宝，男仆，女仆。只有公主没有分。那位朋友道："我们必须把她分成两半。"

太子道："不，不，不要杀死她！不如把她全个取了去。"

但是没有用，他的朋友坚持不听他的话。于是他们把公主缚在一株树上，那位朋友把他的金钻刀取出，假装着要把她的头剖为两半。但她是如此惊怕，她竟生了病……小蛇们从她口中游出。那位朋友把他的刀又举了两次，然后放了公主下来。

于是，他对太子说道："一只蛇恋爱了她，每夜和她睡在一起。公主因为呼吸着蛇的呼吸，于是变了哑子，不久便要生产这些小蛇了。现在我必须和你告别了。我把我的一份东西送给你。你的父亲瞎了眼，从我马蹄上取了些泥土下来，擦在他眼上，他便会恢复他的两只光明的眼了。你将不会再看见我。我就是你放了不杀的红色鱼。"

他刚说完了话，便消失不见了。于是太子带了所有他的东西，男仆、女仆、骆驼、珠宝和他的美妻回家。他用由他朋友马蹄取下的泥土擦他父亲的双眼，立刻他又能看见东西了。现在……我们的这段故事也完了。

沙日姬

很古很古的时候，有一个国王，他生了一个儿子。有一天，这个太子和他的侍臣们同去打猎。当一只鹿横穿过他的马前跑去时，太子策马飞奔的追它。但侍臣们一个个都落后了。这鹿忽然的跑进一个洞中不见了。这时天色已黑，太子便躺在洞前地上睡着了。当他睡熟时，鹿又偷偷地从洞中出来，把甘蔗与稻草，放在太子的帽缘上。

第二天早晨，太子醒起来，跨上马回家。他一个个地遇见侍臣们，他们一同回去，但当他们到家时，太子忽然地生病了，只得躺在床上。他病得很重，不久，便似乎快要死去的样子。他的父亲从近处远处请了许多医生来，但没有一个能医好他的病。当太子自己觉得他的终局将到时，他求他父亲把他带到市场上去。于是他躺在床上，盖着丝被，抬到了市场旁的湖边。

当他躺在那里时，一个秃头的老人经过他身边，看着太子说道："看呀！那是他，深深地恋爱着沙旦姬的！"

太子的侍臣们问老人有什么方法可以医好太子。

他答道："当然我能够，不要紧的！"

侍臣们立刻飞跑去告诉国王这个好消息。他便请了老人到面前，问他要怎样开始去医治太子的病。老人道："你们先去看太子帽缘上放着的稻草和甘蔗。"

侍臣们跑去看，果然寻见了这两物，他们真是吃惊不小。国王又问老人以后要怎么办。

老人答道："如果你使他娶了沙旦姬，他便要痊愈了；如果不然，那么他便要死了。把我所要求的东西都给我，然后让太子和我同去，我将带到他所爱的人儿那里。"

国王命将老人所要的东西都给了他。这秃头老人取了这些东西，不见了。过了一个星期以后，他又来了，带了两匹马来。他自己骑了一匹，太子骑了一匹，他们一同出发了。他们走了好一会，到了某个海边。

太子道："我们现在怎样办呢？我们怎么能过海呢？"

秃头老人道："你不要发愁，"说时，他拿出一面网给太子。他道："把这网放在你眼上，太子，我们要飞跑过七个大海呢。在这些海底，你将看见许多美丽的东西，珍珠呀，金刚石呀，珊瑚呀，金呀，银呀。但什么都不要去拿动，让他们照原样地放着。"

于是他们过了第一个海，又过了第二海，第三海，第四海，第五海，第六海以及第七海，那是最后的一个海了。然后秃头老人从太子眼上把网解下，仍放进袋中。他们又向前走着，走着，后来到了一个城，憩在一个老妇人家中。秃头老人问道："你愿意迎接上帝送来的客人到你的家中么？"

她道："如果你们是被上帝送来的，那么我可以为你们白服务。我为什么不迎接你们呢？不过我没有东西吃喝。我只能给你们一间空房。如果可以，那么进来。"

秃头老人把他的手放进衣袋，取出一把的黄金，送了这老妇人。呵！她是如何地喜欢呀！她在屋里跳来跳去，于是她领了她的客人到另外一个装设华美的房间里，给他们顶好的东西吃喝。他们吃了东西后，秃头老人叫了她来问道："唔，老妇人，你们城里有什么新闻？这里的秩序好么？官吏公正么？"

她答道："都很好，但有一件事不好。我们的公主沙旦姫，她能把她自己变成各种各样的动物，但她不肯嫁人。"

秃头老人问道："你能把我们带到她那里么？"

老妇人道："为什么不能？我每天到她那里去，替她梳头。"

秃头老人又从袋里取出一把的金子放在她手里。她立刻为他们打算起来。她对太子说道："明天早晨，我要到公主那里去。你掮了一只金茶缸跟在我后面。当你到了宫城前面时，便叫卖你的金缸，如一个商贩。"

事情是这样去做。老妇人到了宫城，为公主梳头，太子负了金茶缸把它带到宫城前面去卖。当老妇人听见了他的声音时，她向窗外望着，叫公主也走过来。

她道："看！沙旦姫，看下面的那个少年，看他多么俊！你不嫁给他多么可怜呀！也许别人要把他招去做丈夫了！"

于是公主传命叫把少年唤上来。他刚跨进房门，公主就认出他是那个当她变鹿时，追她进洞的猎人了。老妇人立刻退出房门外了。太子对公主道："听我说，你父亲一定不愿意把你嫁给我为妻。最好的计策是我们同逃。"

公主这时已躺在太子手臂里，便赞成了他的这个计策。过了一时，她求她父亲允许她出去打三天的猎。父亲并不反对。她在声言到那里去打猎的森林中，与她的爱人及秃头老人会合在一处，三个人都跨上马向太子的家中走去。但三天过去了，公主还不回来，她的父亲开始起了疑心。他先到她房里去看，房门已经锁了，打开了门进去时，房内已经空无所有了。国王道："那个老妇人一定知道底细的！"

于是他叫老妇人进宫，问她知道不知道公主的下落。老妇人推说不知道，但国王执鞭把她皮肉打得青紫，然后她才供出一切事。国王大怒，决意要毁灭了那拐子的都城。他召集他的军队，出发去带回他的公主，并杀死太子及他的全家。这时，太子和他的新娘及秃头老人已经快到都城了。在路上，他们见一个老人走来走去，时哭时笑。太子问道："那是什么意思？你为何走来走去，又哭又笑？"

他答道："先生，我们国王的太子死在外国了，今天是为他服丧的日子，所以我哭，但当我想到有东西分散给我时，所以又笑了。"

太子道："呵呵！我就是传言已死的太子。现在快到宫里告诉我父亲，说我还活着，就要来了。快跑，他会给你以好的报酬的。"

老人听了话，立刻尽力地带了好消息跑进城。国王和官吏侍臣们都出城来迎接他的儿子，并且为太子与沙旦姬预备了盛大的结婚礼。但不多一会，新娘的父亲带了军队来了。这里的国王叫人去告诉他说，不必宣战了，他已经把他儿子和沙旦姬依据回教仪典结婚了。如果他愿意，可以请进来做客。他答应了。住在他女儿那里三天，然后以友善、快乐的神情，说了再会，回到他的本国去了。

新娘是谁的

很久很久时候以前，底弗利住着一个商人。他有一个女儿，名叫马丽爱。

她是一个很美丽，很聪明，很有学问的女郎。她父亲立意要把她嫁给一个能够做一件非常奇巧的艺术品的人为妻。这个女郎的美名和她父亲择婿的方法，传遍了全个世界。在伊色兰有一个人，当他把手放在眼上，身体躺下时，能够看见全世界所做的事情。

巴乞托有一个人，他有一把枪，放出去没有不中的。阿富汗有一个人，他会做各种的木器，什么人坐他的木器上，可以游历得极远，别人需一个月的行程，他只要一点钟就够了。现在这三个少年都决定欲得到那位商人的女儿。他们到了底弗利，向她父亲求婚。

商人道："是的，是的！但事情不是那么容易解决的。我必须先知道你们三个人到底能够做什么事。"

从伊色兰来的少年道："我能够看见全世界发生的事变。"

从巴乞拉来的少年道："我有一把枪，打物没有不中的。"

从阿富汗来的少年道："我能在木头上雕出东西，人坐在它上面，别人要走一个月的路程，在他只要一个小时。"

商人道："谢谢你们，我想，我在打发你们走之前还要细细想一下。且让我想想，我应该给你们中的哪一个人。"

三个人同声答道："好的，我们等待你的决定。"

第二天早晨，商人慌张地跑来告诉这三个求婚的少年说，他的女儿昨夜忽然不见了，毫无一点痕迹。他还说道："现在是你们显出你们本领的时候了。快预备动身去找她，把她带回给我。"

他们互相地看着。其中一个少年对伊色兰的少年道："你去看看她现在在什么地方？"

他立刻躺下，把手放在眼上，看了一会，说道："黑海中有一个岛，在那个岛上有妖人的监狱，女郎坐在那个监狱中，成了一个囚人。"

阿富汗的少年道："我必须立刻到那里去。"

巴乞拉的少年道："我和你一同去，把她带了回来，即使牺牲了我的性命也不管。"

阿富汗的少年就立刻动手去雕一个东西为坐骑，他还把巴乞拉的少年带了同去。不久，他们就到了妖岛上了。巴乞拉的少年用他的枪把妖人一个个杀死。于是他们带了女郎，送还给他父亲。但这个时候，三个少年起了争端了。每个人都要得这个女郎为妻，因为每个人都有权利可得她。伊色兰的少年道："如果没有我看见她……"

阿富汗的少年道："如果没有我去做坐骑呢……"

巴乞拉的少年道："如果没有我杀死那些妖人呢……"

他们这样的争着，没有一个人可以解决这事。

勇敢的那斯尼

古时有一个人，他的名字是那斯尼。他的胆子非常的小，差不多不敢走出门外，见了一只小蝇飞过，也要匍匐在被底下。但有一次，他居然出门了，他没有忘记带他的刀，他手颤抖的把刀拔出，在空中舞了一回，不意有三只小蝇碰在刀锋上死了。

他见了十分的骄傲，便写了底下的几个记功语刻在他的刀上："这是那斯尼的刀，杀过纳兹巨人六十三个。"然后他握了这刀，背了一袋米粉在背上，出外游历去了。

谁知道他走了多远的路呢？他向前去，后来到了一株生在山谷中的梨树下面了。他在树下休息，在地上掘了一个洞，把他的米粉袋放进去。自己躺下睡了。但正在这时，有七个纳兹的巨人，他们都是弟兄，好像从地上跃出来似的，站在他睡的地方不远。他们诧异着，怎么这个人敢到他的国里来，因为就是一只飞鸟飞过他们的国内也要留下羽毛，四足的兽类走过，也要留下他们的足蹄。

后来最小的一个纳兹轻轻地走到睡人身边，看了看他的刀，然后回到他哥哥那里，告诉他们说，这刀上刻着这样的话：“这刀是那斯尼的，杀过六十三个纳兹巨人。”

正在那个时候，那斯尼醒起来了。他见七个巨人向他走来，还听见他们对他说，他必须表示出他的能力。他给他们那柄刀看，他的足重重地践踏着他放米粉袋的地方。因此，一大堆的米粉飞在空中。

他道：“你们看呀，那就是我所能的！我只要轻轻地踏在地上，一大堆灰尘便飞起来了。”

于是纳兹要求他和他们住在一起，因为他们从前没有见过像他那样子的人，他们要把他们的妹妹给他为妻，还要分一半的家产给他。那斯尼不敢不答应他们，便和他们一同回去。他们为他建筑了一所房子，把他们的妹妹嫁给了他，那斯尼便和他们住在一起。但是不久，有一只犀牛发现于森林中，它时时地走到村中，把人吃去。纳兹们决意要和这个巨兽开战，叫人去唤那斯尼，要他一同去。

但这事对于他完全不适宜，因此，他告诉使者说，那斯尼不高兴和他们一同去打猎。但……他的妻强迫她的丈夫去，她简直把他赶出屋外。那斯尼跑进了森林，爬上一株大梨树，把自己躲藏在那里。但他的运气很不好，犀牛每晚恰是在这株树下睡。

纳兹巨人们以为那斯尼已经出去打猎了，所以他们也到了森林里，遇到了犀牛，把它打伤了。犀牛受了伤，逃回它的窝，就是在那斯尼躲着的那株树下。这时，那斯尼还在树上。这位英雄见了犀牛正在树下，因恐惧而晕过去了，正从树上坠到犀牛的背上。这一跌，把他跌醒了，他只得紧紧地握住了犀牛的毛。犀牛觉到背上有人，也害怕起来，它一直向纳兹巨人们住的村中冲过去。他们取了武器，把犀牛杀死了。

那斯尼假装出这个功劳是他的，他叫道："你们为什么杀了它？如果你们看到我怎样把它驯得服从我的命令，你们倒可以增长不少的见识。"

纳兹们相信了他的话，以为犀牛真的被他降服过。过了几时，有一大队敌人走来要和纳兹巨人们开战。他们又去唤那斯尼了，但他仍旧告诉那使者说，那斯尼不去打仗。但他的妻取了一根大棒，把她丈夫赶出屋外了。

那斯尼走到纳兹人的马厩里，想去找一匹他所能驾驭的马，预备骑了逃走。但没有一匹马能够使他走近身的，它们都用蹄踢他。后来，他找到一匹老马，足有些跛。他用两根小棒刺它的腰腹，但它忍受了，站着不动。

那斯尼道："这是我的机会！"

于是骑上这匹马走了，但不是向战场的那一方面。当纳兹巨人们听见了这个消息，他们想道："呵！他又是玩着老把戏了。在最要紧的关头，他会来的。"

他们如此地相信了他，便和敌人们接触了。但当那斯尼的马听见了炮声时，它变了一个样子。它转过身来，如箭一样快地向战场那方跑去。那斯尼一点也不能制住它。他恐惧着，握住了一株大枫树，但马跑得太快，这株树连根地被带在那斯尼手中了。那匹马一直地跑到战事最烈的地方，用它的蹄去踢敌人。敌人不是逃便是死。那斯尼也用他的大树打杀了几个。于是战场上留下的只有死尸了。

战事过去，纳兹们领导了那斯尼的马，唱着得胜歌回家。于是他们举了那斯尼为他们的首领，他在他们那里住着，一直到死。

父亲的遗产

在一个二万五千人的大乡村中，住着一个名齐那拉的人，他是那尔皮族的人。他异常的穷苦，几乎要饥饿而死。

有一天，他对他母亲说道："我没有一匹马骑，也没有什么好衣服穿，也没有什么兵器可带在身上。上帝如果真的把我放在世界上如此穷苦，我将永不能脱离我的苦境了。"

他母亲答道；"那不是这样的。你父亲并不穷苦。他曾留下一匹马，站立在一个黑暗的厩中有十五年了。它吃着石块与铁块。它非常顽暴，但你如果有胆气把鞍缰加上去，那么它是属于你的了。那里也放有一副铠甲，但重量极大，须要十五个女郎才能抬得起，如果你能穿得上它，便也是你的了。还有一把刀也在那里，如果你能用它，便也取了它。”

齐那拉把他父亲的马从厩中牵出，放好了鞍缰。他很容易地穿上沉重的铠甲，取了刀在手，跨上了马，跳过三道篱笆，便到广漠的世界上去了。他骑了好久，好久，才看见人。那是七个纳特族巨人的兄弟们，他们躺在路旁熟睡。当齐那拉走过他们身旁时，他们的马对他的马道：“你到哪里去这样的忙急？你把泥土犁起如耕锄犁过一样，你把泥土成块的抛起，如一个田鼠一样。如果我们不是怕惊醒我们的主人，今天便是你的最后了。”

齐那拉的马答道：“我如果不是还要走许多的远路，那么我将把你们扫开地面上，如拍下绿叶上的露水一样。”

说了，便依然如疾风暴雨似的飞跑过去了。齐那拉走了多少远的路谁也不知道，但他终于到了一个大城市。他带住马慢慢地走，在城的一边，有一家住着一个寡妇。齐那拉的马到了她的天井中。寡妇很高兴地欢迎这位不认识的客人。

齐那拉因为身体很疲倦，一躺下便熟睡了。中夜的时候，他看见满天都是光亮。他第二天把这事告诉了寡妇，寡妇说，这里国王的公主，每夜睡眠时，都有光明发出。寡妇又告诉他说，这位公主是如何的美丽，他便差寡妇去向国王求婚。

国王告诉寡妇说，他现在不能说到公主的婚事，因为有一个国王的太子带了一百二十个骑士来，正在路上走，要想用强力抢了公主去。当齐那拉听见了这话时，他跳上马，跑出城外去迎敌那个太子。他一见齐那拉，便以惊诧的口声，问他的随从道：“迎着我们来的是什么？”

齐那拉大声地说道：“在你面前的是那尔皮族的齐那拉。鸟儿在那尔皮族的地方飞过的都要留下羽毛，四足兽走过的也要留下一只足。我比他们还要厉害。你立刻就可看到了。”

齐那拉一说了话，立刻把马鞭打了一下，向这一队骑士冲过去。他的马足所到之处，骑士们纷纷脱骑，他的刀光到处，一个人便也丧失他的性命。他把他们全都杀死了，然后回到城市，叫寡妇再去告诉国王说，如果他不立刻将公主嫁了齐那拉，他的命运，便也要与那个太子及骑士们相等了。国王急忙的答应下来，于是齐那拉把他的美丽的妻子放在车中，驱车回家去了。

在路上，他又遇到了那七个纳特族巨人的兄弟们。他们哄骗着他，说他们是他的好朋友。所以齐那拉走近他们，并不警备。七个巨人得了便宜，他们到了车上，把他的新妇抢了去。但齐那拉的马，本来驾着车的，刚好绳子松了，走了开来。齐那拉呼马走近，骑上马便去追他们。但当他追上他们时，他又不知怎么办好，因为他的刀也给巨人们拿去。现在他的新妇帮助了他，她窥着一个空，把他的刀抛给他。

他得到了刀，不及一刻，巨人们的头便从肩上飞开去了。从此，一路平安，更没有遇到什么危险。他们到了家，举行婚礼，但当他们行过了礼的那一晚，他的新妇突然被人抢去了。没有人知道那贼是谁。新房里的窗户及门都是锁着的。

齐那拉急得哭起来，泪没有了，血都哭出来。但哭是没有用的。所以出发去寻找了。他漫游了很远，很远，有一天，他遇见了一个牧人在路旁。这牧人跑上一个小山，又由山上跑下，然后又跑上去，然后又跑下来，如此地消磨他的时光。当他上山时，他笑着，当他下山时却哭了。齐那拉注意这个牧人的奇怪行动，走至牧人面前，问他为什么这样。

他答道：“当我下山时，我所以哭者，因为我代那尔皮族的齐那拉；我上山时，所以笑者，因为我在家里得到肉与面包。”

齐那拉说道：“你知道谁把齐那拉的新娘抢去了？这个强盗住在哪里？”

牧人道：“是的，我知道的。他是一个鞑靼人，住在左近的村中。”

于是齐那拉告诉牧人他就是齐那拉，并且问他有什么方法可以把他妻子救出这鞑靼人的手中。

牧人道：“我有一计，你必须依我的计而办。鞑靼人今夜将第一次和你的妻同睡。穿上我的衣服，把你的刀藏在衣下，赶了我的羊群到村中去。他们会领你到那个鞑靼人的天井中的，他们将给你面包和肉吃。于是你须求他允许你将饭肉献给他的妻，祝她快乐。他一定会引你去的。其余的事，你自己去做。”

齐那拉如牧人所言的去做。他在他的妻房内等着鞑靼人的来到。果然，天一黑，他便来了。

他一进屋，便向他的妻夸说他自己做贼的本领：“我能把小孩们从他们母亲们的手臂内偷出而他们不知道；我能把少年的妻们从她们丈夫的身边偷去。”

齐那拉的妻道：“我相信你的话，但没有人用刀比你从他那里偷了我来的那人用得精巧的了。”

鞑靼人生了气，叫她为狗，用鞭打她，并称齐那拉为懦夫。但正在那个时候，齐那拉跳了出来，一刀便把鞑靼人的头斩下了。于是他取了死人所有的一切东西，送一部分给牧人，便带了他的妻一同回家了。

勇敢的女儿

一个贵族生了三个女儿，但没有一个儿子。有一天，他想要试验他三个女儿的胆量。于是他命令大女儿穿了男人的衣服，骑马出去冒险。但他自己却狙伏在她经过的一道桥下。当她骑马过桥时，他跳了出来，假装是要捉她的样子，她非常的恐惧，竟晕了过去，落在马下了。

第二天，他命令第二个女儿出去。他也狙伏在桥下等她。当她经过时，他出来捉她，马一惊，她晕落在马下，也与她姊姊一样。然后他打发他的最小的女儿出去。他仍旧狙伏在桥下，见她经过时，突然的跳出去捉她。马受了惊，退了一退，但她却坚握着马缰，用鞭重重地打了她的袭击者一下，这使他的小指失去了一节。她父亲虽然受了苦，却很喜欢他女儿的勇敢，于是让她走去，而他自己忍痛回家了。这个勇敢的女郎过了桥，一直向前走去了。谁也不知道她究竟走了多少远，但她终于到了一个城市。

她问她遇到的第一个人道："这里有什么新闻?"

他答道："只有一件新闻。我们的可汗，要为他的儿子娶一个女郎，而这个女郎却为许多恶鬼所看守。没有人能够去把她得来。"

但这个无名的武士（我们要记住，她是穿了男装的），使百姓们非常喜欢，他们便请她去把那个女郎得来。他们要求了好几次，这个无名的武士才答应了。

她出发寻找女郎。她要路过一座火焰原，在那里，她见有三条小蛇要逃出火焰中。她用马鞭把小蛇们挑了起来，于是救了它们。当她过了火焰原时，她把小蛇们又放在地上，跟在它们后面走去。小蛇们爬进了一个大墓。它们到了墓门时，门打开了，女郎和小蛇们都进去了。这墓中住了一个好鬼，它是这三条小蛇的母亲。

它说道："我每年生三条小蛇，但我每次都失去了它们，因为它们经过火焰原。如果这一次你不救了它们，这三条也要失去了。你要我做什么事，我都可以代你做。告诉我，你要的什么?"

女郎道："我自己什么也不要。但我正要寻找某一个女郎，请帮助我找到她。"

小蛇的母亲道："那不是难事，你不要骑你的马。骑上这匹黑马去。当你到了那个地方时，你自己藏身在屋后，等着这个女郎的出屋，然后你和马跳过篱笆，当马蹄跪在地上时，你捉住女郎，尽力的飞跑走了。没有人能追上你，你可以很平安地回家去。”

于是这个女骑士跨上了黑马出发。她依照蛇母亲所说的话做去。看守人在后面喊叫地追着，但她竟能把这个女郎安稳地偷回家。当她到了可汗的城中，她交代了她的职务，但女郎对她说道：“如果有七把锁的箱子不拿来给我，我是不肯结婚的，这箱子在一个密室中，用一张狗皮包裹着。”

于是我们的女英雄又到蛇母亲那里求计了。它说道：“如果你要做这件事，你必须骑上那匹灰色的马。当你走近屋时，如狗似的走着，没有人会觉窥到你的。当你进了屋内时，用这个小棒触着房门，门便自己会开了，当你捉住了狗皮时，它也会自己伸开了。然后取了那个箱子上马回去。”

女英雄照她的话去做，箱子果然取到了。但女郎虽然见了这个箱了，仍然不肯结婚，她说道：“在海中，有一只公水羊和七只母水牛。把它们带到我这里来，把母牛的乳挤出来，然后把牛乳烧热了，倒在一个池中。我要跳进池，从这边泅到那边，那个要和我结婚的人也须跳进池，由那边泅到这边。如果他也能泅过去，那么，我答应嫁他；如果不能，那么，我不答应。”

我们的女英雄又出发了。蛇母亲对她道：“这一次骑了那匹褐色马去，一直到了海边，当你到了那里时，你自己和你的马都要在黑沙上滚了一滚，然后骑马入海。水牛在什么地方，你的褐色马自会找到的。但你自己须注意，当水牛攻击你时，你须不要落下马来。”

女英雄照它的一句句话去做。水牛攻击她，但她把水牛擒住抛到岸上来。于是水牛诅咒她，——水牛的诅咒常常是灵验的，它吼叫道："谁把我们抛出海外的，他如果是一个男人，必会变为一个女人，她如果是女人，也会变为一个男人。"

果然，我们的女英雄在那个时候，已经变为一个男人了。当他赶了母水牛们回去时，他把它们的乳挤了出来，又把乳热了。热牛乳倒在一个池中。女郎从这边跳入池中，可汗的儿子从那边跳入。他在热乳中烧煎死了，他的尸骨被人取了出来。但女郎却泅了过去。

所有的百姓们都叫道："可汗的儿子死了，他把女郎得到的，现在可以有了她了。"于是他与女郎结婚了，他们从此快乐而满足地住着。

前妻的女儿

古时有一个老人，他的妻死后，他又娶了一个。他的第二妻生了一个女儿，他的前妻也留下一个女儿。但他的第二妻非常地恨前妻的女儿，简直视她为眼中钉，非拔去了不可。

她一天到晚和她丈夫吵闹，一直到了她丈夫把他的大女儿放在森林中的一个空房里，使她为野兽们所吞吃，她才安静了。前妻的女儿到了那个空房中，一个人坐在那里。当夜色降下了，她把带来的米放在一个锅中，要做些粥吃。那时一只老鼠从一个洞中出来，向她乞求些米吃。女郎给了他，老鼠立刻吃进去了。

当它吃饱了时，它对女郎道："一只熊今夜要到这里来。

它会给你一个小铃，对你说道：‘拿了这个小铃，环屋跑三圈。如果我不能捉住你，我可以给你一只银车，还有三匹马驾着。但如果我捉住了你，我是要把你吃进去的。’你必须答应了它，拿了小铃来。于是我将跑了出来，你就将小铃给了我。我将绕屋跑了三圈，但你须爬到屋栋上，安静的等着以后的事发生。”

果然，到了中夜时，熊带了小铃来了。它说道：“哎，女郎，把这小铃拿去，把它摇着，绕屋跑三圈。如果我不能捉住你，那么我将给你一个银车，有三匹马驾着。但如果我捉住了你，我将吃了你进去。”

女郎道：“很好。”取了铃，跑了去，把铃给了老鼠。老鼠带了铃绕屋跑了三次，然后还了女郎，它自己钻回洞去。

熊说道：“你赢了。”

于是给她以银车及驾车的三匹马。过了几时，女郎的继母对她丈夫说道：“去到森林中，把你女儿的尸骨带回来。”于是老人到林中去了。

他还没有来，他的老家狗却说起话来了：“我们老主人带了他女儿回来了。他们坐在银的车上，有三匹马驾着车。我听见车铃响的声音了。”

那继母恼怒地问它：“什么铃声？那不过是他女儿的骨头相碰的声音而已！你这狗！”

于是她打那狗，把它赶出门外。但隔了一刻，它又回来报告说，它老主人已经来了，他真的和他的女儿坐在一个银车中。继母又恨又怒把她自己的眼睛挖了一只出来。但不久，她命她丈夫把她的女儿也带到林中去，希望她也可以得到一个银车。

于是老人带了第二个女儿到林中，把她一个人放在空房。老鼠又出来吃食。但这个女郎却是狠心肠的，把老鼠的头打了一下，赶它去了。中夜时，熊带了铃来，但这一次因为老鼠不在场，女郎跑不上一步，便被熊捉住吃下了。

第二天，恶妇人又驱她丈夫到林中去："去把我女儿和她的银车带了来。"

老人寻了一寻，但只寻到他女儿的尸骨。他把尸骨放在一个袋里，走回家去。当他走在中途时，狗已知道他回来，又奔到妇人面前道："你女儿的尸骨回来了！"

妇人叫道："什么？尸骨？那是银车！"

她说时，又重重地打了狗一下，赶它出屋。但狗是不错的。老人回来了，只带了一袋的尸骨回来。妇人愤怒极了，又挖了一眼出来。此后她生活得很苦。但老人和他女儿却很快活。

魔马魔羊与魔棒

古时有一对穷苦的夫妻，他们是很老很老的人了，他们所有的东西，不过是一只母鸡而已。有一天，他们决意要把这鸡杀了，但当他们捉住了这鸡后，它生了一个金蛋。

他们互相说道："如果它能每天生一个金蛋给我们，为什么我们还要杀它呢?"

于是放了它不杀。但当第二天，他们要去捉它时，它却不见了。于是老人拿了他的杖出去寻找它。他对他的妻说："没有鸡我不回来。"

他走了好多的时候，——一个意话说来很快，但当时做的事，是要费许多时间的——最后到了一个很老的老妇人家里。

他告诉这老妇人他的鸡的事，问她有没有看见这鸡。

老妇人道："不，我没有看见它，但我可以送一匹马给你，如果你向它作马嘶，它会给你以你所要的食物的。"

她说完了话，便给他一匹憔悴的可怜的老马。老人很艰难地爬上马背，骑了回家去。当他走过某一个地方时，百姓们因为他骑了那么可怜的马，对他哗笑。

他说道："笑！随便你们笑，只不要学马嘶。因为你们如果嘶叫起来，便可以得到你们所要吃的东西了。"

没有人相信他的话，少年人笑得更厉害，并且都学马嘶叫以为取乐。但立刻一盆一盆的菜蔬现出来了，全村的人都可以得到一份吃。百姓们于是很尊敬地请老人进了客室。当他躺下休息时，他们把他的马调换了一匹，与那一匹是一样地可怜。现在老人休息够了，他匆匆地要回家见他的妻，毫不觉察出他骑的马已被换了一匹。当他到了家，他想在他的妻面前施行这个魔法，但无论他如何的嘶鸣，马却不会给出什么东西。于是老人把马送还那个给它于他的老妇人，并责备她欺骗他。

老妇人道："不，我并没有欺骗你，但是现在可以换给你一只羊。当你说咩咩时，金片会从它的嘴和鼻里落出来。"

老人带了羊，上路回家，但不久到了他睡时马被人掉换去的地方。他们仍用旧方法把他的羊掉换去了。当老人回到家里，要向他的妻夸耀羊的奇力时，尽管他咩咩咩尽力地叫着，羊的嘴和鼻里却没有一片金落下来。老人说道："这妇人真坏！为什么她常常骗我呢？"

于是他又回到她那里，苦苦的责备她。她为免了他的麻烦，给了他一根棒子，说道："这里有一根棒子给你；如果有人欺负你，只要说'东，东'，这棒自会去打那个欺你的人，直至你叫它停止或等到他们已把你要求他们做的事做到了之时方才停止。”老人取了魔棒，又一直到了以前失去马和羊的那个地方了。当百姓们又围绕着他时，他警告他们道：“你们要留心，不要向我的棒子说‘东，东’，不然，它便会打你们的!”

但没有一个人相信他的话，且还故意高声说道：“东，东!”以取笑他。立刻棒子飞在他们头上，重重地痛打他们一顿，直到他们求老人叫这棒不要打他们，他们情愿把前二次偷来的马和羊还给他，于是老人又取得了马和羊，这棒才不再打他们。然后他带了他的马，他的羊和他的棒回家，快快活活地和他的老妻过着生活。

美丽的海仑娜

在一个海岸上，立着一座坚固的城堡，这城堡的主人是沙尼王，一个美貌的少年，敏捷而有力。当他到了成人之年时，城中的聪明人决意说，他必须娶亲，于是把这意思告诉了他。

沙尼并不反对，但……没有一个合意的新妇。于是他命令把他的马加上鞍缰，披上盔甲，他要出发到邻邦去游历，以求一个新妇。他从这一国到那一国，他在国王们的宫殿中，在农夫们的草舍都察看着，他还差出好些人为他去访求，但都无用。他不能找到他所要找的。但最后在一个很远的地方，他在所住的城堡中，见到了美丽的女郎，她的美丽是全世界无比的。

她的芳名叫作海仑娜。他一见了她，便热烈地恋爱了她。

他问她可否做他的妻，她答应了。结婚以后，他把他的少年的妻带回他自己的家中。当他们到了家，沙尼准备一个大宴会邀请他的朋友们和亲戚们来赴宴。一天一天都在宴会中过去。

这一对少年夫妻并不觉得已经宴会了两个星期了。现在，在那个国家里，有一个风俗，规定每个少年丈夫在十四天之后，必须离了他的妻，出发到远地游行了一年再回来。沙尼也服从了这个风俗，但他心里很不忍与他的妻分别。他走了一二个月之后，有一个从史丹波附近的一个城来的商人，到了沙尼城中。他是异常的美貌。他带来了许多货物，都是这城中向来所未见过的——丝，宝贵的杯，宝石等。当他把他的所有货物都卸下时，他问大家什么地方可以寄住。他被众人指引到沙尼王的家里。他到了那里，众人介绍他见王妃，她答应他可以住在她家里，为一个客人。

她叫人对他说道：“王爷诚然不在家，但他的家是在这里，他的门是向每个客人开着的。你是受欢迎的。”

商人带了货物，摊设开来求售。百姓们蜂拥进来，啧啧称赞他的货物。但在全城中，大家谈到这美丽的商人比谈到他的美丽的货物还起劲。王妃她自己也不能不为她客人的美貌所动。她邀请他到她的私室里，问他外国的事，以和他谈话为乐。商人这一方面呢，他也爱上了这个寂寞的王妃。他花费了所有他的暇时陪她谈话，这是不足为怪的，以他的美貌和甘言渐渐地赢得了海仑娜的爱情。他们一天一天地亲密起来，恐怕她要不能守着她结婚时的誓约了。自商人住在那里以后，六个月过去了，但两位情人并不觉得时光的飞逝，并不想到沙尼王回家的日子一天一天地近了。

后来他们想起他要回家了，他们恐惧着，战栗着，等待这个可怕日期的到来。商人告诉海仑娜说，他没有她不能活着，她也是这样的。他们想了许久，但没有想出一个可以使他们不分别的方法……他们简直的想不出一个计策。但他们虽然想不出，王妃的一个侍女却代他们想出一个方法了。

有一天，当她为商人整理床被时，她看出以前那个活泼快乐的客人，现在却沉入深思中，默默地无言，也不像以前一样常常和她说话了。

她问他道："好客人，你有什么事？为什么那么忧愁？为什么自己受苦？"

商人答道："你知道得很明白。你知道我是深挚地爱着王妃，我万不能没有她而活着。救我！"

侍女想了一会，然后焦虑地说道："但我怎么能救你？王爷回来后，他将如何地对待我？"

商人道："只要你救我！好人！我把我所有的东西都给了你——珠宝以及一切财物。"

侍女道："但如果王爷杀了我，你的珠宝对我又有何用？"

商人道："我将这样地布置着，便没有人会知道是我使你有钱了。我要把一个瓶埋在天井中，把你所得的一切东西都放在这瓶中。我要造一个秘密通路，由那个瓶直通到你的房里。那么，没有人会疑心你了。"

侍女同意了，答应他，如果他要和王妃同逃，她可以帮助他。于是他们商定了一个计策。商人将在一个船上等着，这船要泊树林很密的岸边。王妃的侍女们将陪她到那里去沐浴，他假装是偶然地遇见，于是请她和他一同下船，摇船出去游览一回。其余的事要他自己去布置了。……到了约定的那一天，王妃和她的侍女们到了海岸边，她脱了衣服，走进水里。她毫不知商人和她女侍所定的计划，一心一意地在水中洗得很高兴，突然她的情人坐在小船上出现了。

王妃很惊吓，想立刻上岸去，但他用好话骗她道：“来，至爱的海仑娜，让我们在树荫下荡船游览一回吧。”

她答应了，坐到船上去，于是这小船扯上了布帆。不向岸边林荫中驶去，却向商人的大船驶去。现在她才明白了她情人的计划，但她的心只迟疑了一会，以她的家，她的人民和她的情人相比。隔了一会，她便投身于他的臂里了。侍女见了这事的发生，因她先与商人约定了，所以并不呼救。

她回家，把自己锁在王妃的房内。有人问她王妃的事，她只说王妃有病，不能离开卧房。送进来给王妃吃的食物，她都自己吃了。如此地，她把王妃被劫的消息秘密了三天。但到了第四天，她忽然惊叫起来，顿足捶胸地说她主人不见了，也许是和那个客人同逃吧？现在大家都知道王妃失踪的消息了。许多人都见那只船开行，但没有一个人注意到它，因为船来了，船开了，是每天都有的事。大家都十分地焦急，王爷不久就要回来了。他们将对他怎么说呢？起初没有人相信他们的高贵的王妃会和商人同逃，他们以为她不过迷路而已。他们在岸上海上都找遍了，但都不见。隔了好久，他们才相信王妃真的跟了商人同逃了。但后来他们等待的日子来了，沙尼到了。

所有他的好友都集合来欢迎他。他们陪他到客室，请他吃饭喝酒。但沙尼立刻感觉到一定有什么不好的事发生，因为他们欢迎他，并不是以快乐的呼声与欢愉的面孔，大家都是垂头丧气，郁抑不乐的样子。他想一定有什么不幸的事，但风俗禁止他先到他的妻的房里，虽然他的心要立刻就去看她。

到了日落时，他再也忍不住了，他终于叫他的人民们引导他到他的妻那里——但没有一个人动身离座。沙尼又说了一遍……于是他们才告诉他一切的事。这个消息如电光似的攻击他，他也不回家了，立刻出发去找寻他失去的妻。他在他国内的什么地方都找遍了，但没有找到。他正想回家，忽然他想起他父亲的教师正住在左近。他找到了这个老教师，他已经很老了，立刻认识了他，很恭敬地请他进去。他们谈话时。沙尼见老人已知道海仑娜失踪的事，便决意告诉老人他没有找到他的妻。

老人道："你在国内找是无用的。你看来像是一个聪明人，但你的智力却没有你的胆气好。为什么你在国内找你的妻呢？她自然不能藏在你的国内的！你不要徒费时间了，且到海的那边去找吧。你到一个地方，耳朵都要张开着。因为女人愈美丽，谈起她的人愈多。寻了一年二年，你一定可以找到她的。"

沙尼明白了，便谢谢老人回家去预备远行。即便找到海底，他也要把海仑娜找到。他预备了一只船，驶了出去。他航行许久，后来他的船看见远处有好些山。他很高兴可以在这个外国打听消息了。正在这时，他见一只船向他的船驶来。在这只船的甲板上，立着一个少年，看来好像一个美丽的女郎。但他身上披的是甲胄，肩上负的是箭袋，手里执的是弓，腰间挂的是剑，头上戴的是光亮亮的铁盔。沙尼也立在他自己的船上，穿的和那个少年一样，但是在他胸前却有一个特别的王的记号耀亮着。当美丽的少年见那只船上立的是一个王，便立刻下了小船，摇到沙尼的船上。少年互相通问之后，少年问沙尼王到哪里去。他答道，要去打听他所要得到的新闻。

少年道："如果是这样，那么你何以没有一个朋友和你同去冒险，闲时也可以谈谈吗？如果你愿意，我可以成为你的朋友。"

沙尼很高兴的赞成了他的话，他们便一同开船向岸边划去。到了岸边，他们看见城墙。他们进了城，经过城门，到了大街，到了一间屋里。沙尼在那里告诉他新朋友以他的旅行的目的，并叙说他的妻怎样地被拐去，他怎样的希望去找到她。

他的朋友道："你不能这样的去找到她。你如果化装为乞丐，可以更好些。如此，你可以随意到各处去，可以到现在不能进去的地方。没有人在你面前说话有所顾忌，于是你可以听到平常人听不到的话了。"

这个劝告，沙尼觉得很好，便立意依从了它。他的朋友为他寻到一个乞丐袋，一个破衣，一个拐杖，立刻，这个壮美的王爷，便成了一个鹑衣百结的乞丐了。他立刻出发，经过帝王的宫殿，穷人的茅屋，到处都去过，但都不能得到他的妻的消息。他不知怎么办好，便回到他朋友那里，告诉他实在找不到。

他的朋友问道："你也曾在这里左近的那个巨室去找吗?"

不，他没有去。但听了少年的话，他立刻到那里去。看门的人允许他进去。于是他一个房，一个房的求乞，都得了好些东西。在第二层楼，他看见女主人在一个特别室内。她躺在一个床上，她就是海仑娜。她立刻认识了他。然而她的眼中并无一点快活的气色，反而大大地生气。她粗声地叫喊她的人民把这龌龊的乞丐打出来，并用扫帚向他抛去。

他将这一切事告诉了他的朋友，并问道："现在我将怎么办呢？告诉我，你也许有别的方法。"

少年答道："脱下了你方才穿的衣服。你现在必须以刀得回你的海仑娜了。"

这正是沙尼的意思。他立即又装束成王爷的样子，全身武装起来。朋友道："现在我们不要耗费时间了。你去捉住你的妻，我去抵挡卫队，保护你逃逸。我们必须立刻，即刻就去。”

他们凶猛地进了巨室。卫队不敢反抗他们。沙尼举起椅来，打倒了好些阻他路的兵士，把三个兵抛到楼下去，捉住了晕过去的海仑娜抱了出去。一大群人集合了来，勇敢的袭击的消息已如电似的传遍了全城。但沙尼和他的朋友并不惧怕。沙尼排众而出，他的朋友断后。

慢慢地，他们在千万群众中打开了一条路到海岸上来，他们的船正在那里等待他们。他们没有受伤地到了船上，立刻拔锚开船。恰好是顺风，船很快地开走了。两个武士在甲板上用箭射往岸上密集的敌人们。现在沙尼带了他以力劫回的妻及他的朋友向家驶去了。

当他的家隐约可见时，沙尼对他的朋友道：“已经要到岸了。我希望你能成为我的客人，使我得以报你助我之劳的万一。”

他答道：“不，我不能住，我家中有要事要回去。但你如要谢我可以把你得来的东西和我平分。”

沙尼道：“为什么平分？你自己把她拿去吧，我不能和她再住在一处了。”

他道：“不，我们必须把她分了。”

他说了话，便用他的刀把海仑娜劈成两段了，头和上身在一边，下半身又在一边。沙尼起初惊得如石人似的不能动弹：他没有想到他找求的结局是如此。但他因为他以前曾恳挚地恋爱着她，而她却负了他，使他太伤心了，使他的名誉也受损了，所以这时，也并不为她忧苦。

他说道：“我要取她的头，给我的百姓们看。他们大家才可以知道我并不是空手回家，而这个无信守的妇人已受了她所应得的报酬。”

他的朋友把尸体抛入海中。于是他回到他自己的船上，向沙尼告别道：“再会，你诚然是失了你的妻，但她是不忠于你的。我知道巴拉汗的七兄弟那里，有一个妹妹，可以做你一生的伴侣。”

当沙尼到了家，他告诉他的百姓们前后的事，然后他决意去寻巴拉汗的兄弟们。他在大陆上寻他们许久，但没有找到。他相信他们一定不在大陆上，于是上船到海外去找他们。他驶过黑海，以后到了地中海。他到了一个大岛，上了岸。访问巴拉汗兄弟们。果然，事情很巧，他们竟住在这个岛上。沙尼骑上了马，到了最近的一个城。他经过城门，问他所遇到的人巴拉汗兄弟们住在哪里。

那人指引他到一个城堡。沙尼一直到了门前下马，叩了叩门，便被主人引进。巴拉汗兄弟们不知他是谁，也不知他是为什么来的，但接待他很客气，他们从他胸前挂的徽章上，看出他是一个王。他们款待他吃了晚餐，他便去睡了。第二天早晨，七个兄弟尊敬地到他面前，问他需要什么，这是他们国里的风俗。沙尼王于是把自己的姓名告诉了他们，并说明此行的目的。六个哥哥都忧郁地低下头来。只有最少的一个和颜悦色地看着沙尼，隔了一会，问他哥哥们为什么不说话，客人在等着答复呢。

于是大哥哥说道：“我们的妹妹是如巨人一样强壮的，她不仅骄傲，而且残酷。我们兄弟们实在不敢向她说起你要见她的话，且我们连跨过她的房门槛也还不敢呢。”

于是最少的哥哥说道：“就是我失了性命，我也为光荣的客人去试一试。我将立刻告诉她你的来意。”

他说了话，便走去了。但沙尼在他后面追叫道："对你妹妹说，我只要见见她，把我的来意等我自己向她说明吧。"

少哥哥进了她妹妹的房，说道："沙尼王昨夜到了这里，是我们的客人，他要见你。我应该回答他什么话呢？"

她答道："他可以来见我。"

她哥哥很快乐地跑到沙尼那里，满脸笑容的向他回话。几个兄弟们都互相称幸，认为他们的妹妹居然和气得多了。沙尼去见她了。他站在门口时，她从椅上立起身来，她以前从不曾起身迎接人，她不许人家见她。这一次是给沙尼的特别光荣。

于是沙尼鼓足了勇气，说道："公主，我听人家说起你的美名，我来把我的心和手贡献给你。你愿为我的妻么？"

公主不说一句话，转身走开了。沙尼又说他的要求，她又走开了。到了他要求第三次，她才答道："我一切都赞成。"

沙尼快活地急急地去找她的哥哥们。他们听见了公主答应了的消息，命人立刻把这快活的消息告诉给百姓们知道。结婚的日子定了。七个兄弟，每个人都杀了一只公牛，一只母牛，一只羊，供给宴会之用。这是一个大宴会，赴宴的人数，数也数不清。一个歌者来了，弹着琴，唱起古代人民的光荣的歌。但后来，他又转了琴声，唱着另一个歌——唱的是海的那面，有一个商人到了某一王的宫中，拐走了他的妻。沙尼立刻猜出歌里的故事，但巴拉汗兄弟们以及歌者他自己也都不知这歌是与他有关的。

他的头忧郁地垂下，重大的眼泪经由颊上落下。当巴拉汗兄弟们见了，他们叫歌者改唱别的歇。他重整琴弦又唱起因为海仑娜的事，不知流了多少血，当她被骗的丈夫为她而战，带了她回去时。沙尼听了，头更低垂了，他的心很难过，他知道他的运命已为世人所晓得了。当巴拉汗兄弟们见此歌也为沙尼所不喜，便进行以角力为戏，这也是他们国内的风俗。宾客从大厅到天井都拥挤着。少年们做各种游戏互相掷环角力。然后比箭，后来又比试掷石。沙尼默默无言地看着他们，并不参加什么游戏。那使宾客们不大喜欢，他们到他那里，问他为什么不和他们一同角力游戏。有一个宾客竟给他一块石头叫他表示他的力量与技能。

沙尼道："我不愿拂逆众意，我将试试我的运气。"

他接了沉重的石块，掷了三次，比什么人都掷得远。他们都诧异着，以为他们即使再练习一百年也不会掷得那么远。婚筵就如此地结束了。宾客们散去时，全城中都啧啧的谈着沙尼的勇力。当明星在天上闪闪时，沙尼被引进新房。夜已晏了，但沙尼不能睡。他注意到他的妻很慌乱。他假装熟睡，要找出什么原因。不久她起床来，到新房旁的大厅中，开了一个大箱，取出盔甲披上。于是她到了天井，牵出马来，加上鞍缰，骑上去便如箭似的从开着的门飞奔到广漠的世界上去。沙尼跳起床来，穿了衣服，握了刀，上了马，也追在他的妻后面。天色黑漆如墨，所以她不觉得有人在她后面追。

不久，他们都到了一个深谷，那里有一大群兵士集合着。沙尼混在他们里面了，很注意地看以后有什么事发生。这些人都是由沙尼的妻率领着去袭击一个邻城的。这次攻击成功了，他们把劫来的财物放在马上，他们的首领独自断后。到了一定的时刻，他们全冲进城中，杀了睡者，搜集宝物放在马上。居民完全无备，起初惊惶无措，后来他们也武装起来攻击劫盗。沙尼的妻去抵抗他们，但沙尼不久便惊惧地觉到她的力量不够了。他急急去帮她，他们一同击退了追兵。当她看见一个巨人在她身边，比她自己还要勇壮，她觉得很奇怪。忽然，她见他的手流着血，一支箭伤了他。她跑到他身边，用她的丝巾把伤处包住了。现在战事已终，攻击者已满载了宝物回家。当他们忙着分赃时，沙尼跳上了马，不见了。

他的妻四面找寻救她的人，但已找不到。于是她也骑上马回家去。在日出之前，她到了家，复躺在她丈夫的身边。但她注意到她丈夫的手上有丝巾包着，再仔细一看，她认识了这是她的，并猜出救她的是谁了。她始而惊诧，后来便感激了，她自己投入他的臂间，说道："你到现在才知道我不是平常的妇人。每夜我都秘密地乘马出去，去袭击各处。我离开家有时甚至几礼拜，几个月，在各处做着冒险的事。有一次，当我穿了男人的衣服时，我在海上遇见了一个武士，他去找他的妻，我帮助了他。当我们用武力得到她时，我用刀把那不好的妇人杀死了，抛她的尸身到海中……"

现在是沙尼惊诧起来了！他认识了现在的妻就是以前他的朋友，他的帮助者。他要投身于她臂间，但她推开他，说道："以前我是一个侠女人，但现在我已找到了一个比我强的侠士了。我把自己给了他，放弃了以前的习惯，尽妻的职务。我以后只做一个弱妻，那对于我们俩都好。"大家知道她改变行为了，都非常的快乐，她七个哥哥尤其高兴。大家都跑来祝贺沙尼和他的妻快乐。大宴会了好几天，然后这一对少年夫妇带了丰富的赠品回到沙尼的家去了。

吉超

古时有一个王住在西拉，别一个王住彼特洛，这两个地方是很近的。住在西拉的王，生了五个儿子，住在彼特洛的一个也没有。他们俩是极好的朋友，大家常常见他们俩在一处。

有一天，他们都在西拉，赴一个贵族的婚宴。忽然有一个使者从彼特洛来，说王后病了，要她丈夫回家。国王从衣袋里取了一百个卢布赏了使者。半小时之后，他和他的朋友已经在彼特洛了。但他们在那里不久，忽然有一个使者匆匆的从西拉赶来，说西拉王后倒在床上了，要她丈夫立刻回家。这个使者也得了一百卢布的赏金，两个王又同到西拉了。

他们在那里互相立誓说，如果一个人生了一个儿子，别一个生了一个女儿，这两个孩子一定要做夫妻，且在生下来后即刻定亲。果然，西拉后生了第六个太子，彼特洛后生了第六个公主。两个孩子都长成得很快。当公主不过是一个很小的女孩子时，她已经知道临镜顾影了，太子在那个时候，也已经会骑马了。当公主到了十三岁时，她生得异常的美丽，王后竟不许她走到街上被人看见，太子在那个年龄，也已经会出去打猎了。现在我将再告诉你们什么事呢？我将告诉你们三头巨人的事，好么？嗄，听我说，这个三头巨人听见了公主如何的美丽，他便去问他会施魔术的母亲，他用什么方法可以把公主抢来为妻。

母亲把他变成了一个小黄鸟儿，对他说道："飞到国王宫殿的屋脊上。"

于是他飞到了那里，正在这时，公主恰好站在她的窗前。小黄鸟飞投到她身上。公主从没有见过那么美的小鸟，便立刻捉住了它。但那鸟立刻变成了三头巨人，捉住她带走了。现在我将告诉你们谁的事呢？说起王后，那个被抢去的公主的母亲吧！唔，王后不久之后进了她女儿的房里，看见房里是空的。她立刻到全城中去找寻，但都不见……公主已经失踪了。叫人到西拉去打听，但她也不在那里。西拉王的五个长子，出发去找她。当他们经过一座森林时，他们看见他们的小弟弟吉超，躺在一株树下。

他们叫他道："嗨，弟弟！你为什么躺在这里？你不知道你的不幸么？你的新妇不见了！"

吉超答道："但我已经知道是谁把金发抢去了。那是三头巨人。"

兄弟们听见他说这话，便对他说，他们全体同他去救公主。但在动身之前，他们须预备一切。恰好两个国王这时都在西拉。

吉超道："父亲，岳父，听我说。我们去找金发公主，你将怎么办呢，岳父？"

他答道："我要给你们七匹土斑马。"

吉超又问他父亲道："你呢，父亲，你要怎么办呢？"

父亲道："我要为你们预备兵器及干粮。"

他又向大哥哥问道："大哥，你要怎么办？"

"我要祷求上帝把海水分开，使我们可以找到三头巨人住在哪里。"

"你呢，二哥哥，你怎么样？"

"我要祷告上帝建筑一座高塔，以躲避巨人的追来。"

吉超自己道："我呢，我要砍下巨人的头。"

第二天，吉超和他的五个哥哥及他的朋友阿史兰出去了。他们骑上吉超岳父给他的土斑马，他们能于七日之内走了别的马要走七年的路程。后来，他们到了一个大海的岸边了。吉超道："现在，大哥，你要实现你所允诺的话了。"

他向上帝祷告，果然海水分了开来，他们看见了三头巨人住的地方。他躺在海底睡着，他的一个头，枕在公主的膝上。吉超拔出刀来，要把巨人杀了。

公主道："等一等，吉超，你不能这么杀他。你不见那一条鱼么？先杀了这鱼；鱼肚中有一个箱子，藏着他的灵魂。把它取去抛散了，然后他便不能起身，你才能砍下他的头，救了我去。"

吉超听从她的话，捉住了鱼，剖开鱼腹，取出箱子，把灵魂砍成碎片，斩下巨人的三个头，带了公主走了。现在我将告诉你们什么呢？说三头巨人的母亲吧！她不久以后，来看她儿子。当她见他被人砍成碎片，十分的愤怒，开始去杀海中的鱼。

于是有一条大鱼游近她说道："你为什么对我们生气呢？看那边！那条大鱼吞吃了你儿子的灵魂。杀了他，取出你儿子的灵魂！"

他依大鱼的话去做，因此又使她儿子复活了。他活了后，起初是哭着，后来，立刻去追吉超。吉超叫道："哥哥们，哥哥们，你们不知道这阵雨从什么地方突然的落下么？我知道。巨人追在我们后面了。二哥哥，现在轮着你了，请你向上帝祈求，实现你所允诺的话。"

二哥哥祈祷上帝，上帝立刻放了一座高塔在他们面前，六个哥哥和公主都躲藏在塔中。当巨人到了塔边，他跳起来，但跳不到他们所在的地方。他又跳了一回，吉超乘机一刀把他的三个头都砍下。七天之后，吉超和他的新妇，以及他的哥哥们都回家了。国王们是怎么样的快乐呀！他们举行了一次极愉快的宴会。吉超躺在床上，公主坐在他身边。忽然他跳起身来说道："我必须立刻走开。"

他新妇问道："那么，你要到哪里去？为什么这样急？"

他道："等待我三年三日三时三分，如果我那时不回来，那么你可以随意自便。"

他也这样对他母亲说。她听见了儿子这样说，哭得很厉害。阿史兰要和他同去，但吉超谢绝了他，自己一个人出发了。他走了第九日或第十日时，到了一处，前面是三条路分歧。每路上都有一条指路牌，牌上写着不同的话。第一条路写的是：如果你沿着我走去，你将不再回来；第二条路写的是：如果你沿着我走，你也许回来，也许不回来；第三条路写的是：如果你沿着我走，你可以回来。吉超却选了第一条路走。过了一会，他走到一个泉边。

他的马突然口吐人言道："吉超，下马来，在这泉中洗澡。"

吉超道："为什么？"

马答道："为什么？你现在可以不用知道。"

吉超下了马，在泉中洗澡，过了一时，他的马又道："吉超，我要告诉你一件事。我们现在所到的这一国，他们有两个国王，是两兄弟。哥哥很凶恶，弟弟温和些。我要将你变成了一只金鸟。两个兄弟不久就要经过这条路了，我现在要隐开去了，但我给你三根我的尾毛，告诉你两句话，你须记得清楚。如果你说了第一句，你可以变自己为沙，如果你说了第二句，你可以变为一粒谷。你如果遇到什么危险，只要烧了一根尾毛。"

马说了话便不见了，吉超变成了一只鸟，立在泉边。不久他见两个骑士来了，他们是两个国王。弟弟是一个锐眼的猎人。他见了一只鸟，不是杀了，便是捉来吃了。但这一次，他哥哥却警告他道："让那只鸟去！不要去捉它或害它。"

但金鸟飞绕于弟弟的身边。他自己想道："这样可爱的鸟我怎么能不捉住它呢？"

于是他伸出手来，鸟一直飞投到手中。猎人立刻把小鸟放在胸前，不使他哥哥知道。当他们回家时，他把这鸟送给了他的一个妹妹。夜间，她和鸟游戏着，它飞在她肩上，啄她的颊及胸。她道："不不，我的胸不是属你的，是属于吉超的。"

她才说完了话，鸟立刻变成了一个人，她所说的吉超立在她的面前。他道："我就是吉超。"

她道："好的，但在我属你之前，你必须做好三件事。第一，和我角力，第二把你自己变成沙。第三你须和七十个巨人打仗。”

吉超把她打倒了，然后自己变成了沙。但在他和巨人们打仗之前，他烧了马毛。马立刻来了，他们一同与巨人打，把七十个巨人都杀死了。然后他骑上马，把女郎放在他前面，走回家了。家中举行了大宴庆祝他回归。但当他要到两个妻——他现在有两个妻了——那里时，她们不许他去，要他先去提了三个巨人的一个妹妹，给他朋友。他立刻出发了。他先杀了三个巨人。但他们的妹妹坐在一株树中。他必须先锯开了树。

于是他去锯开了树，但他十分的疲倦，躺在地上睡着了。这时，他的朋友来了。他带了树走开了。但吉超立刻醒来，匆匆地追去。当他见这是他的朋友时，他们一同很快乐地回家。他们到了家后，一个极盛大的宴会举行了。他们以前从来没有举行过如此的大宴。

穷人与富翁

古时有一个穷人和他的妻住在矮屋内。有一天，一个富翁对他说道："来，穷鬼，我要带你去打猎。"

穷人答道："我没有食粮带在身边，怎么能和你同去呢?"

富人道："告诉你的妻，叫她出去乞求一钵的麦粉来，焙一块面包给你带去打猎吃。"

穷人回家把这事告诉给他的妻听了。她出去乞求，带回来了一钵的麦粉，为她丈夫焙了一个面包。

第二天，富翁与穷人同去打猎了。他们漫游了整天，但没有遇到一个野兽。到了黄昏，他们找地方过夜，生了一堆火，坐下休息。他们坐了好一会，后来穷人说这须是吃饭的时候了。

富人答道："是的，你说的不错。"他们各自取出带来的粮食来吃，然后躺下睡着了。

第二天，他们仍旧没有看见野兽。黄昏时又回到昨夜过宿的地方。他们又坐了好一会，又是穷人想起应吃东西了。富人问道："但我们吃些什么呢？你大约还有些食粮吧？"

于是取出他自己的干粮来吃，并不分些给穷人。穷人眼睁睁地看着富翁在吃他的东西，后来见富翁一点东西也没有意给他，便开口向他乞求了。

富翁道："你如果许我挖下你的一只眼睛，那么我将给你些东西吃。"

穷人将怎么办呢？他没有别的方法，只好牺牲了一只眼睛，得到了一片的面包充饥。但他还没有把面包吃完，富翁却说道："离开这里！你的不幸已经害了我了。"

于是便把穷人赶开了。他甚至于不许他在那里过夜。穷人懒懒地在黑夜里经过森林，到了一个空地上，他见一个小山脚下有一点火光，便向这火光走去。他走近了，看见前面一座房子。他向房子里看看，见是空的，他便爬到梁上，躲在那里。隔了不久，一只狼，一只熊，一只狐来了，它们走进了屋。

熊对狼狐说道："我们住在一起，睡在一起，那么，我们为什么不在一起吃饭呢？让我们每个人都把他所有的取出。"

狐道："我所有的不过是一块金布。那就是我的全副家产，我靠它生活，我靠它吃喝。我只要把它摇抖了三次，各种吃的喝的东西便从它那里落出来了。"

熊道："那实在是一件无价的宝，狐。但我有一满罐的金子。是的，那就是我所有的。同我一块来，我把这罐金子给你们看。"

狼指着一株树说道："我每次偷了一只羊受了伤时，我总奔到这株树下，我自己在树身上摩擦一会，我的伤痕便立刻平复，好像没有受伤一样。"

它们三个如此分享大家所有的。但熊是一个聪明的动物。它说道："如果我们把我们所有的都用完了，我们将如何呢？最好还是去做工。你们将做什么？"

狐道："我将去带些鸡来。"

狼道："我将去捉一只羊来。"

熊道："我将去吃麦。"

它们在夜间约定了，到了早晨，它们照它们所约定的去做。但我们的穷人却还在梁上。当它们三个都出动时，他爬了下来，把熊和狐所有的东西都取了去。他带走了金布与金子，走到狼所说的那株树旁，把脸在树上摩擦，他被挖出的眼睛，立刻复原了，重复能见物了。于是他向前走去，遇到了一个牧人，他问穷人背上负的是什么。他答道："没有什么特别的。我和富翁同去打猎，负的东西除了食粮还有什么别的？"

同时狼走来了，向牧人叫说，他应该交出他欠他的捐款。牧人向他叫道："到这里来拿。"

狼渐渐地向羊群走近了，走近了。但牧人的枪放了一下，他瞄得极准，把狼的头脑都打出来了。穷人拾取了狼脑——他对牧人说，这脑可以医治某一种病——便把它放进背袋中。狼跑到他的树旁，身在树干摩擦——但这一次树不能医治他了，那树已经把它的魔力都用在穷人的身上了，穷人走到一个属于某王的村中。现在这个王爷病得很重，各处的人都去看他。穷人问他们为何都集在这里，他们告诉了他，他便表示他自己要见王爷。他们起初不允许，但王爷听见了他的话，下令许他进去。穷人进了王爷的房里，坐下问他曾吃了什么药。他答道："唉，如果有人医好了我，他要什么我都可以给他。"

穷人叫取些牛乳来，把狼脑放在乳里烧，把这汤给病人吃。王爷一吃，立刻病好了——他觉得如鹿一样的强壮。他要感谢穷人，他叫人把他的马从草地上带来，选出最好的一匹马，加上鞍缰，拿出他的最好的刀，他的最好的匕首，他的最好的枪，他的最好的手枪，把这些都给了穷人。当他已经骑在马上要告别了，王爷又赠他以一群的羊及几个牧羊人。穷人鞭马如风地去了。当富翁听见了这一切事，他去见穷人问他从哪里得到这许多财宝。他威吓穷人道："快些告诉我，不然我将取了你所有的一半去。"

穷人道："如果你让我挖了你的一只眼出来，我将告诉你。"

是的，没有别的方法了，富翁只得伸出了脸，穷人用王爷给他的匕首把他的一只眼睛挖下了。

然后他说道："当我那夜离开你时，我看见一个火光，向光走去，到了一个熊、狼和狐住的小屋。我从它们那里，得到这一切东西。"

富翁立刻出发了，找到了那座房子，藏身在梁上。三个动物在黄昏时回家了，狼当先走着，好像有病的样子。当它们三个在一处休息了一会时，熊问道："唔，你们之中谁曾带了什么回来?"

狼道："我到了牧人那里，受了伤。于是我跑到我的树那里，擦了又擦，但都无用——那就是我为什么现在还未痊之故。"

狐道："我到了所有鸡窝旁，但不能捉到一只鸡。"

熊道："我想去吃麦，不料还是青的，所以我也空手回家。"

它们坐了好一会，到了吃晚饭的时候了。于是熊叫狐去预备些吃的东西来。狐点了一支烛，去找它的金布，但到处都找不到。熊道："唉，你不过骗骗我们的，我去罐中取一个卢布出来。"

但那金罐却是空的。狼道："我生了病，什么事都不知道！"

熊叫道："不，不，一定是你偷去的。你不过假装有病，叫我们不会疑心到你，但你却不能用这个方法骗我们。"

于是它和狐捉住了狼。它们杀了它，把它吃进去。当它们吃完后，狐跳在梁上，去找它的金布，它在那里发见了富翁。它往下对熊说道："这里有一个人，他把自己躲藏在这里。他是贼，我们错杀了我们的同伴了。"

它们于是把富翁拖了下来，不管他如何地赌咒，说他不是贼，它们却把他吃了进去。但上帝却给了穷人以一个快乐的生活，他一直活到现在。

有用的公羊

古时有一个人娶了一个后妻。这人有一个女儿，后妻也有一个。但后妻却爱她自己的女儿而恨她丈夫的女儿。两位女儿每天领了羊群到草地上去。母亲给她的女儿一小袋好东西吃，但给她丈夫的女儿的，却是几片硬面包。那就是一个女儿终日笑，一个女儿终日哭的缘由了。

但有一天，一只公羊走到丈夫的女儿那里，说道："女郎，请你告诉我，你为什么终日地哭。"

她答说："我为什么不哭呢？来，我将给你看我所吃的东西。"

于是她引公羊到了一个树洞，洞里藏着她的面包。"看，那就是我所吃的东西了，但她自己的女儿却有满满一袋的好东西吃。”

公羊心里很为这可怜的女儿忧愁，它对她说道：“听我说，把我的左角拔出来，摇摇它，你要吃什么都可以有。吃剩了的东西，你把它们仍旧放在角内，然后把角放在我头上的原处。”

女儿便把公羊的左角拔出来，摇摇它，看呀！各种好的吃喝的东西都放在她面前了。她吃得饱饱的，把剩下的放回角内，然后把角摆上原处。公羊说道：“当你饥时，只要哭起来，我便立刻来了。”

说完了话，它混入它的群中了。如此的，丈夫的女儿每天都有好东西吃，且吃得饱饱的，所以她快乐起来，她不哭了，终日地歌唱着。但有一夜，母亲问她自己的女儿道：“你的同伴现在终日怎么样？还是哭么？”

她女儿答道：“不，她唱着。”

妇人听了这话，心里懊恼起来，她告诉她的女儿说，她必须把那个女儿推到山岩外跌死。但丈夫的女儿偷偷地听见了他们母女的这一席话，她把这些话都告诉了公羊。它想到了一个解救的方法。它说道：“你明天去诱引她到岩边上来，其余的事等我来办。”

到了第二天，两个女郎赶着羊群到牧场上来，丈夫的女儿引诱了她的同伴到公羊昨天说定的地方来。它把后妻的女儿用角推到岩下，因此，她跌得粉碎了。

火马

古时有一个老人生了三个儿子，两个儿子都是很聪明的，但第三个却是愚呆而龌龊。这个愚呆的儿子日夜在家里游荡着，没有做什么事。

现在，父亲耕种了一块地，种子生长得很好，已经结穗了。但每夜总有什么人来蹂躏麦实。父亲因为要阻止这个贼，他对他的儿子们说道："好儿子，你们轮流的夜间到田里去，你们看守着，设法把贼捉住。"

第一夜，大儿子出去。但快到半夜时，他觉得要睡，他便熟睡了。第二天早晨，他回到家里说道："我终夜没有阖眼。我冷得如一块木头一样坚硬，但我没有看见贼的踪影。"

第二夜，二儿子出去了，他也熟睡了一夜，回家时也同他哥哥一样，编造了一番话告诉他父亲。

第三夜，轮着那个愚呆的儿子去看守了。他带了一根绳子，坐在田边看守。近于中夜时，他也想睡了，但他拿起他的小刀，割破了他的指头，把盐放在伤处。于是他的睡眠飞去了。

刚刚到了中夜时，地上突然震了一震，一阵风起来，有一匹马从天上飞下来，它的翼是火焰的，它休息在麦田中，它的鼻息喷出云来，它的双眼闪出电来。

那匹马开头去吃麦，但它所蹂躏的比它所吃的还多。愚呆的儿子慢慢地爬近马，突然的骑在了它身上，把绳环在它颈上。马用全力推着，退着，践踏着，但不能把它自已释放了。愚呆的儿子紧紧地握住它。后来马挣扎得倦了，它便以柔言恳求道："约翰，小朋友，放了我去，如果你肯放松了我，我愿为你办大事业。"

约翰道："好的，但我将怎样再找到你呢？"

马道："当你需要我时，你可到田间来，吹啸了三次，叫道：'火马，火马！快来！'我便立刻到你面前来了。"

约翰放了马去，求它此后不再要糟蹋麦田了。于是回了家。他的两个哥哥问道："你看见了什么？你办了什么事？"

约翰道："我看见一匹火马。我捉住了它，使它答应此后不再来糟蹋我们的田。"

他不将别的事告诉他们，他们大笑了他们愚呆的弟弟一顿，但此后麦田中果然没有人来糟蹋。一两天之后，国王差了人到他国内各个乡村城市去通告大家道："爵主们，国民们，贵人们，农民们！我们的大王要举行一次大宴会，请你们大家都去赴宴。这宴会要举行三天。带了你们最好的马同来。国王的独生女，美丽如日光，将坐在一个塔的席前。谁能在马上跳得那样高，能和公主面对面，且把她的戒指从手上脱下的，国王将把公主嫁给他为妻。”

约翰的两个哥哥出发去赴宴了，他们并不想去试试他们的运气，不过是去看看而已。约翰求他们带他同去。他们问道：“为什么带你去，愚呆的？你要以你的丑脸到那里去惊吓人么？住在家里吧。”

于是两个哥哥骑上了他们的马出发了。但约翰到了田中，叫他的火马。不晓得从什么地方来的，不一刻，它就站在约翰面前了。约翰跨上了马。一上了马，他的脸变了；他变成一个十分美貌的人，没有人能够相信他就是愚呆而龌龊的约翰。于是他鞭打了一下马，匆匆地赶去赴宴了。

他看见有一大群的人聚集于王宫前的大空地上。公主坐在高塔上的廊前，如明月那么美丽，她的戒指闪耀如太阳。没有一个人有大胆子敢于跳到高塔上去。但这是谁举起他的手呢？是我们的约翰！他双腿紧紧地夹住马，那马嘶了一下，突然地高跳起来，离开塔廊只差得三步。百姓们伸出舌头诧怪着。但约翰牵回马头，飞跑去了。他在路上遇见他的两个哥哥，他飞快地经过他们而不见了。当他回家时，走到田中，跳下马下，立刻又成了愚呆的约翰了。他放了马去，自己也回家了。

黄昏时，两个哥哥也回来了，他们告诉父亲，日里发生的一切事，且啧啧地称奇。但约翰只是默默地听他们说话，自己笑着。第二天，两位哥哥又去赴宴了，他们仍旧不肯带他们的弟弟同去。约翰到了田中，叫了火马来，跨上马背便跑去了。当他走近王宫时，见百姓们聚在那里的比昨天还要多。每个人都向公主凝望着，但没有一个人敢于试试跳跃。约翰又用膝紧紧地夹住他的马，让它跳上去。这一次只差得两步。百姓们更觉得诧异。约翰这一次比上次飞跑回去得更快。第三天他又来了。但这一次他用鞭重重地鞭打了马一下……那马使出神力跳入空中，竟达到了塔廊。约翰从公主手指上取出戒指，掉转马头跑开去了。每个人都大喊道："嘎，停着他！停着他！"国王，王后，以及全体的百姓都这样的大喊……但他已经走得无影无踪了。

约翰回到家里，用布把他的手包起来。家中仆妇问他道："你的手怎么了？"

约翰的身体，向火烘着，一面答道："我摘樱桃被刺戳了，不要紧的。"

两个哥哥不久也到家了，他们告诉父亲城里今日发生的事。同时，约翰要看看他的戒指，但他刚把布裹解开，全个房里都照亮起来。他的哥哥们向他喊道："呆子！不要弄火。你是一个无用的人，现在几乎又要把全屋都着了火。我们早就应该把你赶开了。"

三天以后，国王的使者又来通告大家说，国王现在又举行了一次新的大宴。什么人不到宴，就要带了他的头去。这又有什么办法呢？父亲只得带了全家的人都去赴宴的。他们吃着喝着，快乐着。到了将散宴时，公主她自己捧了蜜水轮流递给全体赴宴者。约翰也得了些，在这一天，约翰是穿着破衣，头发散乱不洁，手上包着破布。他是一个很难看的少年。

公主问道："少年，你的手为什么包裹起来？让我看是什么缘故。"

约翰把破布解开了，他的手指上闪耀着公主的戒指。她把戒指脱了下来，领约翰到她父亲面前，说道："父亲，这是我的新郎。”

于是约翰被引去淋浴梳发，换上新衣，简直是一个美少年，连他自己家里的人也不容易认识他了。于是国王命令举行婚礼。大宴了七天七夜才停止。

孝顺的儿子

古时，在某村中住着一个商人和他的一个儿子。他家里再没有别的人了，因为他的妻已经死了很久。在她死后，一个妖仙和他恋爱了，他接她来住在一处。这个仙女要见她情人的儿子，但不能够见到。

现在，商人得病了，在他将死时，他命令他儿子在他死后每夜烧一碗麦粥，放在他指定的马厩的某一隅。商人死了。在他死后第三天，儿子雇了一个厨子，每夜预备一碗麦粥放在他父亲指定的地方。他每夜这么办，后来他所有的钱都因此用完了，只有他的田地和房子留着。他先卖了他的田地，再卖了他的房子，又把这许多钱花在每天置办麦粥上面了。

当他的钱只够再预备一次麦粥时，他自己想道："我现在怎么办好呢？我今夜要看守着，看看麦粥到底给谁拿去了。"

于是他见一个妇人从马厩的一隅走去，拿了粥碗，走开了。他跟在她后面，到了一个地方，那个地方是只有妖仙而没有人住着的。

于是他害怕起来，要想回转去，但那个妇人说道："这里，孩子，不要怕。跟着我来，没有人会害你的。"

于是他跟了她，被她领入一个宏丽的堡中，这堡被一座美如天上乐园的花园围绕着。一个妇人奔了出来，拥抱着他问好。

她说道："欢迎，我的儿子。"我们的少年觉得诧异。

他想道："她是谁呢？我母亲死时比她年纪还老呢。"

然后两个孩子奔了出来，款待他如他们的兄弟，握着他的手臂。他益发觉得奇怪："他们真不会是我的兄弟。那么，他们是谁呢？他们是妖仙么？"

他心里十分的疑惧。但那个自称为他母亲的妇人说道："来，孩子，进屋里来坐下。"

当他进了屋坐下时，她又说道："你不知道我。但这仅因为你不曾在世上见过我。当你母亲死后，我就和你父亲住在一处。我是一个仙女。那两个孩子就是你的弟弟。不要怕，当你父亲将死时，我们曾约定下一件事。我很盼望看见你，你父亲却告诉我他曾叫你，从他死后第三夜起，每夜放一碗麦粥在他的马厩中，而我们仙人们要差一个人去把这粥取来。全部的粥都放在这里，我可以指给你看。"

她引他到邻屋，指示他一大堆的黄金。她说道："看，你孝顺地坚守你父亲的遗言，那是你花费在粥上的钱，都是属于你的，你可以取去，所以你现在不必愁苦了。"

当他住在那里好几天后，他母亲被人请到一个地方去找朋友。她快要动身时，对她儿子说道："你住在这个屋内，不要走进那间屋。"

他答道："好的。"

但他母亲走了后，他想了一想，自己说道："如果我到那间屋里去看看，我母亲怎么会知道呢？"

所以他走到那间屋门口，便推门走进，那是一间空房间。当他回身走出时，他见一幅图画挂在门的上头。画上是一个美女的像，她是那样的美丽，竟使他的眼眩晕了。当他复得知觉时，他又向画看着，说道："我必须用尽心力去找寻画上的女郎，我不能离开这里没有她。"

于是他回到他自己的房内，晕倒在地上了。当他母亲回家时，见他倒在地上，便问道："孩子，你怎么了？发生了什么事？你到了我禁止你去的那间屋里么？"

他答道："是的。"

她说道："好的，如果上帝愿意你可以得到她。但这时你须安静你自己。"

于是她给他一袭新衣，一个枕头，叫那个每夜去取粥的妇人来，对她说道："可汗的女儿住在某某国里。把这少年带到她那里去。"

她答道："很高兴的，但他须一切照我的话去做。"

儿子道："我将什么事都听从你。"

于是她们给他些钱，牵了一匹马出来，妇人骑在马上，把少年放在她身后。他们下马于少年所见画上的美女郎住的地方的左近。妇人对她同伴道："现在到村中去，住在那里。住到你愿意做他们客人的地方，给他们钱做你的一切用度。然后，夜间你到你所要娶的女郎那里去。我也到那里，躲在烛台后。当你对她说话时，她将不回答你。你带了椅垫去，坐在垫上，因为她不会叫你坐下的……然后你对她说话，但她不会对你说一句话的。当你要离开她时，你回身向烛台说道：‘听我说，烛台！我来见这位女郎，而她不理会我。她不是真的人，不然，她一定会理我了。我对她说，她总是默默无言，——她是哑子吗？现在，烛台，告诉我一个故事。这里很沉闷，且我也立刻要回家了。’于是躲在烛台后的我，将说道：‘呵，少年，我将对你说什么呢？你来见这位女郎，你不羞吗？她不是人类之子。如果她是的，她就应该答你了。但我将告诉你一个故事，这里面有一个问题要你去解决。现在，听我说。’”

于是她将这故事告诉了少年。到了夜间，一切事俱照预定的样子发生。后来，烛台开始说起故事来：古时有三个好朋友，他们三个都爱上同一个女郎，但他们各不知道。当他们知道了，便互相说道：“我们要到她那里，问她要嫁哪一个。她将仍做别两个的好朋友。”

于是他们叫了一个使者告诉她这事。但她父亲却不知所措了。“我如果把她给了一个人，那两个要说什么呢？我只有一个女儿呀。我最好给三位少年三千卢布，叫他们去做买卖，谁做得最好，他可以得我的女儿。”

他将此意告诉了他们，他们赞成了。父亲给每人一千卢布，他们出去用这钱去买东西。他们游历到一个远地，然后各自分别了。第一个人在市场中寻到了一匹马，恰好费了一千卢布买了来。但这马不是平常的马，它能够于三小时之内，走了别的马要走三个月的路程。第二个人在别个市场上买来一个望远镜，也恰好费了一千卢布。但这镜也不是平常的镜，谁向它望去，可以见全世界的事物。第三个人用他的一千卢布买了一瓶药，这药也不是平常的药，用了它一滴，可以使一个死人复活起来。这三个人又集合在一处了，各说他们买来的东西的功用。第二天，他们决意要试验他们买来的奇物。第一，先由买到远镜的人拿起镜一看，他见他们所爱的女郎已经快要病死了。买到奇药的人说道："唉，如果有人能把这药带去给女郎吃，她便可以好了。"

买到马的人道："我能这么做。"

于是他立刻跳上了马，取了药，一小时之后，已经到了将死的女郎身边了。将一滴药水放在她口内，她立刻跳起来，活活泼泼，如没有病过一样。她父亲对带药来的那个少年道："你是我的女婿了。"

但当其他二少年到了时，他们再争辩起来，因为每个人要娶这个女子，每个人都有同样权利可以娶她。买到药的人道："她是属于我的。"

买到马的人道："不，她是我的。"

但那个买到望远镜的人又道："如果我不由镜中看见她病得快死，你们的马和药也是无用的了。"

烛台说到这里，便问少年道："你以为她应该属于何人呢？"

便答道："在我想来，她应该属那有药的那个人。"

女郎到了这时，不能再缄默了，便道："你们话不对，她应该嫁给有马的那个人。"

少年站起身来，拍拍女郎的肩道："你是属于我的了。明晚我再来。"

说完了话，他走开了。但躲在烛台后的仙妇又对他说道：

“你明天再来时，可对她的大椅说话。我将躲在椅下答话。”

第二夜，少年又到女郎那里，问候她，但她仍旧不理会，于是他说道：“椅子，我和女郎说话，她不理会我。她真的不是人，总是不肯说话。也许她是哑子。来，你和我说。”

椅子答道：“是的，好少年，我将对你说。你到这样一个女郎那里，自己不觉得羞么？因为这个女郎不是人。但我将告诉你一个故事。古时有三个人同行。一个是缝衣匠，一个是木匠，一个是学者。一夜，他们停在林中过夜。木匠先在守望。他为了消遣时光，用一片木，雕了一个人。后来他去睡了，缝衣匠起来守望了。他为木偶做衣服以为消遣。当他做完时，他的看守时候过了，于是学者起来代他看守了。当他见一个穿好衣服的偶人在那里，便向上帝祈祷道：‘主呀，我祷求你，给这个东西以灵魂。’他的祷词才说完，那个女郎——因为木匠雕的是一个女郎——活了起来，开始去点一个火。当第二天三个人都起身时，每个人都要这个女郎。木匠道：‘是我造她的；’缝衣工匠道：‘是我把衣服给她穿的；’但学者道：‘是我向上帝求到她的灵魂的。’”

说到这里，椅子便问少年道：“好少年，现在，你以为他应该属谁？”

少年道：“她应该属于缝衣匠。”

椅子道：“不，应该属于木匠了。”

但女郎这时不能再忍了，她说道：“不对的，不对的！如果学者不向上帝求得灵魂，她还不过是一块木头而已。所以她应该属于学者。”

于是少年立了起来，拍拍她的肩道：“你是属于我的。”

女郎握了他的手，领他到她父亲可汗那里，说道：“父亲，这是我的新郎。”

可汗大怒，叱他女儿道：“这是什么意思?”

她把前后的事都告诉了他。于是可汗他自己也握了少年的手，欢迎他为女婿，预备一个大婚宴。当婚事过去，少年说他必须回去。可汗道：“为什么去？住在这里，我死后你是可汗了，这里你可以住得很快活。”

少年道：“不，不，我必须回到母亲那里去。”

于是可汗不得已，给了许多宝物，让他们夫妻走了。母亲见了他们来，快乐极了，但说道：“不要住在这里，还是到你父亲住的地方去。但不要忘记了我们。还有那屋里的金银，是你为你父亲花去的，现在带了去。”

于是少年回到他父亲住的地方去了。他在那里成了可汗，生了一子，以后他和他的妻及子，生活得很快乐。他常说道：“谢谢上帝，使我能守父亲遗言。上帝又给我所有的。感谢上帝!”